Gaea

GAEA

かえる。
回家
案簿錄・浮生
卷一
護玄──著

案簿錄·浮生 卷一 回家

目錄

人物介紹

虞因 浮生工作室

擁有陰陽眼的社會新鮮人，有些愛玩，但對需要幫助的人很友善。厭惡沒道理的事情。

言東風 浮生工作室

圖形、記憶、分析能力極強。說話毒，但很珍惜身邊的人。喜歡安靜、雕塑，厭惡太吵的人。

少荻聿 浮生工作室

語文、閱讀、記憶能力強。沉默寡言，不太與人往來。喜愛甜點、烹飪。厭惡豌豆。

方曉海
阿方的妹妹，性格暴烈衝動，但對好人非常和善。喜歡飲料、冰涼食物，厭惡各種賤人。
阿方
阿因朋友，很會照顧人，平日溫和，但觸犯到禁忌會立刻變凶狠。喜愛運動，厭惡白目的人。
一太
看似隨和，經常掛著笑，卻讓人猜不透在想什麼，行事俐落果斷，有時隨心所欲。
李臨玥
阿因青梅竹馬，美麗也有腦袋、主見。喜歡換男友、購物，厭惡不乾不脆的人。

人物介紹

虞佟

阿因大爸。隸屬刑事組行政單位。
溫和穩重且有禮的娃娃臉熟齡男子。
喜歡家人，厭惡傷害家庭的人。

虞夏

阿因二爸。刑事小隊長。
個性暴躁，拳腳功夫了得。喜歡打
擊犯罪，厭惡靠關係的混蛋。

玖深

隸屬鑑識科。
有點慌慌張張，在自身專業上認真仔細。
喜歡熱鬧玩耍，恐懼不科學的東西。

黎子泓
檢察官：東風學長。認真溫和，看似嚴肅實則懂變通。喜歡各種遊戲，單機為主。
嚴司
法醫。表面玩鬧人生，對身邊的人卻很好。喜歡講幹話、美食、八卦。
小伍
刑警。熱血小警察。喜歡懲奸除惡和女友，厭惡愛靠杯的犯人。

滴……滴滴……

滴滴……

1

這世界上，總有許多人希望自己的聲音、所見，能越過那道看不見的牆，傳遞給彼端生離死別之後的鍾愛事物。

在這個城市裡，大多數的人們雖然沒聽過，然而在不爲人知的檯面底下，已經開始悄悄流傳著這樣的都市傳說——有那麼一個地方，走過一條條窄小的街道，在盡頭處的小門扉邊有著黑色爲底、銀色如流水般題字的招牌，仿若撕裂黑暗帶來的一道冷冽光芒。

而你，能在此越過那條分隔生死的界線，聽見來自另一個世界的聲音……

「靠杯喔！」

小巷內，繪有工作室名稱的玻璃門前大清早就傳來令人傻眼的聲音：「什麼都市傳說！爲什麼會有都市傳說！不是有死人和妖怪才會有都市傳說的嗎！」

重點是他人還活蹦亂跳，沒有長角長翅膀、沒有被火車撞過，家裡更沒吸血鬼，爲什麼就上都市傳說了！

還有，這鬼傳說已經傳多久了？

大清早，先來開門擦玻璃的青年盯著缺德的損友，深深感受到自己可能上輩子燒香沒燒好，燒到對方的牌位，這輩子才會三不五時就遭受到精神攻擊。

這位姓陳名關的損友完全沒意識到自己正在接受友人沉重的怨念電波，一邊打哈欠，一邊抽過對方手上的報紙，蹲在旁邊幫忙擦玻璃門。「反正都變成都市傳說了，你就當做功德啊，人家不是都說每天要好心扶老婆婆過馬路才會平安嗎，你扶阿飄過馬路應該也差不多意思。」

「……如果每個人天天都要扶老婆婆，那斑馬線前面不就要有成千上萬個老婆婆才夠你們這些人消業障了。」看著一旁懶洋洋的傢伙，完全不知道自己爲什麼會上都市傳說榜的苦主——虞因，誠心地在心中想著把這白目踹去撞玻璃，然後再說他腦殘腳滑把自己撞死的成功機率有多高。「對了，你現在工作得怎樣？」

「喔，就上次那個換完之後，現在在飲料店打工。」陳關彎下背，快把本來算高挑的身體縮成一團球了，努力地擦著玻璃門角落那小小塊不起眼的污漬。雖然整片玻璃滿乾淨的，但有個小髒污就是怎麼看都不順眼，就好像一張白紙上頭有團鼻屎，讓人不爽。他聽著玻璃在報紙摩擦下發出唧唧聲，邊說道：「而且也不是每個人像你弟一樣，放出來就準備好事業等你晉級。」

虞因瞥了眼縮在那邊擦玻璃的朋友，知道對方其實沒惡意，畢竟他只是很直白地說實話，並沒有刻意針對什麼——畢業後因故休養了一陣子，由於要服義務役的關係，所以虞因暫時先放著手邊的工作計畫，打算回來之後再繼續。

不過現在義務役時間頗短，加上他以前受過幾次比較嚴重的傷，怕劇烈碰撞會引起什麼後遺症，所以派給他的缺也都滿涼的，幾個月後心情愉快地歸家才發現兩個小的瞞著他，把他的人生計畫大改特改，神一樣直接開了間工作室出來，搞得他都覺得自己其實不是離家幾個月，而是去了江湖傳聞中的古代金馬獎三年。

更別說現在假期都還可以回家。

他還是想不出來到底是怎麼被騙過去的。

認眞仔細地思考一下，他才發現兩小的應該在他出發前就策劃好陰謀了，畢竟回來之後除了彷彿偷生出來的工作室，他們連各種需要的證照、執照都準備妥善，這肯定不是短時間內可以做得到的，更別說他們兩個本都有各自領域的工作，要排除問題融成一間必然要處理很多磨合與善後。

當時頭髮還沒長好的虞因踏入家門聽到這個恐怖消息後，就看著兩個小的彼此推脫責任。

不想說話那個指著旁邊的，以沉默表示一切都是對方的陰謀。

之前失憶後來慢慢轉好，能想起一些生活瑣事的那個指著旁邊的，表示那是對方敬愛兄長的表現。

「喵喵喵？」覺得自己突然掉到什麼陷阱裡的第三者表示你們在公鯊小。

事情就這樣莫名其妙地定下來，家裡的大人們完全不干涉他們發展，一副隨便你們去搞的態度。

虞因抓抓重新染色的短髮，在玻璃門上看著自己站得筆直的倒影與縮在旁側的陳關。阿關畢業之後找的工作都不太順利，大概和他那個還沒適應社會的擺爛個性有很大的關係，前面三個都吹了，也只能兼著做打工，暫時先賺點錢，自己身上發生的事情，在對方眼中看來確實是相當順利。然而叫他過來這邊接點小案子回去做，他也不太願意就是，有時候真的不知道他想晃蕩到什麼時候。「工作室掛的是小聿的名字，我也沒辦法。」

他對這個工作室的誕生是有點無言的，原先他其實也預計要開，不過經過思考和一些前輩提供建言，最後決定在大學時期很照顧他的公司繼續歷練，直到累積出一定人脈與實力，再往更高的層次闖，接著組一個自己的團隊，做自己想做的創作，打響招牌。

然而無預警的小工作室直接天降打破這個規劃，聿和東風兩個人雖然在經歷種種悲傷的事情後終於擺脫過去的陰影，重新開始生活，但他們的社交能力還是與正常人不太一樣，加上他們都不願意找外來的專業人員加入幫忙，幾乎半強迫式地抓著虞因一起下水。

說實在話，虞因對這件事是很不高興的，就像本來認真反覆想好的人生一下子被打亂進度，當時他原本待的公司已經讓他升正職、有頭銜，這計畫打亂所有一切，但也是在這個同時，他才突然驚覺兩個小的似乎有些過分地依賴自己了。

虞因認爲，聿和東風一定明白他對這事情會很賭爛，特別是他們兩個一直以來都知道他想要做的是哪些事情，但他們還是這麼幹了，到現在大半年過去，依舊沒有任何解釋。

他再怎麼強迫自己要沉住氣，讓他們有點退路慢慢開口，這時候也都快覺得沉不下去了。

蹲在一邊的陳關終於把污漬擦掉，抬起頭突然發現友人臉色不太好，嘿咻一聲站起來，像以前在學校時那樣搭住對方的肩膀。「呸呸呸，我開玩笑的，別放在心上。你先聽我說吧～好朋友幫幫忙嘛！」

虞因沒好氣地撥開對方的手，推開門走進工作室裡。

上午八點十分，工作室裡頭是明亮的。當初整修裝潢時，虞因親自設計過這兩層樓的老屋，讓採光變得很好；一進大廳就能清楚看見整面特別訂製的作品櫃主牆，擺滿了東風精緻的手作雕塑，刻意用玻璃櫥窗分隔數十件大小物事，按照色彩、形狀排列，加上調整過角度的打光，工作室的名字被環拱在中間，使主牆看起來氣勢磅礴，而兩側往外延展的活動展示櫃中，則有虞因的設計作品。

每次客戶被這面牆懾住時，就會讓設計的人有點小得意。

東風和聿的規劃與虞因以往待的公司不同，畢竟他們人很少，加上大學時期來客串外包工作的朋友們也不過五、六人，所以東風直接提出要虞因走專利路線，替他不少設計都申請專利，如畢製那時延伸的小東西也讓他在短時間內賺了一小筆錢，能有比較寬裕的時間去做其他進修和思考。而比較散的設計案子就看狀況分給合作的人共製，倒也是獲得了不錯的客戶量。

東風就繼續他自己喜歡的手工，他在復元後，雖然沒有想起那些悲傷的記憶，不過原先的生活習慣與喜好倒是都慢慢地重回到他身上，他本身又看過各種報章雜誌與警方資料，也大致回推了案件狀況，在身體休養好後又跑出來獨居，沒多久就在其他人協助下，再次接回之前的工作與客戶，於是二樓有一半是他的工作間。

聿則是在二樓另一半空間開了烹飪廚房，他的製作數量逐漸變多和更精進後，也確實需要個比較專業的空間，扣除掉和楊德丞合作的部分，其他隨手做的東西平常就放在工作室裡招呼或賣給客戶，爲此虞因特別在大廳的小吧台內嵌了很漂亮的展示冰櫃，讓那些甜點看來特別可口，每次都早早就被客戶搶光，有人還專衝著這些限量甜點每天繞路過來看看，讓他們後來不得不特別在網站上另闢一個公告區，告知今日是否有製作甜點與販售的狀況，以免經常被抱怨。

這些甜點後來在網路上榮登超隱藏版推薦美食則是後話了。

總之，三人目前算是都穩定下來，各自在這個巷內的租屋裡有自己的專業戰場。

只是，這看似平衡的安穩氣氛，始終沒讓虞因忘記該得到的解釋。

□

「欸欸，我跟你說喔，我現在打工那個地方有個妹超正。」

陳關跟著進門後，相當熟悉地往小吧台逛過去，順手替自己泡杯奶茶和丟塊麵包進烤箱，做起香噴噴的早點。「下次要不要一起去聯誼？大家畢業之後很少出來玩了，你知道我們班有人結婚了嗎？」

「喔，有啊，前幾天收到喜帖，可是那天我跟客戶有約，你可以幫我拿紅包過去嗎？」虞因直接搶劫奶茶，嗅了一口香氣。這裡所有食物都是聿打點的，就連沖泡用的懶人茶包都有一定水準，每次來玩的不良朋友群一定會藉口多摸兩包回家。

「可以啊，你記得給我……喔幹，不是啦，是我打工的地方那個妹妹，叫雯敏。」陳關又給自己重泡了一杯奶茶，正好烤箱叮了聲，飄出香氣。「林雯敏，她的狗前不久被人打死了。」

「……幹喔，你又去找什麼死貓死狗死寵物的通靈委託！」虞因直接搶過那塊剛出爐的熱麵包，「馬的，吃什麼麵包，你去吃報紙就夠了！」

已經不是第一次了，這個混帳東西爲了把妹，在那邊跟對方炫耀他朋友「看得到」，哪知道全天下死過寵物的妹居然會那麼多，不是求看她家小狗小貓小鸚鵡小金魚好不好，有沒有開開心心地去當小天使，就是想知道爺爺奶奶爸爸媽媽在陰間的什麼地方，有沒有缺紙錢缺房子缺跑車缺3C。

虞因嚴重懷疑，那些他媽的都市傳說的源頭，就是陳阿關這個垃圾朋友。

「等等等等……先聽我說啦，她眞的很傷心，而且之前那些我都推掉了啊，我說你要去山上淨身三天、媽祖給你時辰才可以做法。」陳關連忙捧著奶茶閃到旁邊，以免被踹。

「……如果不是因為殺人會犯法，你可能已經死十次了喔。」虞因深呼吸了幾次，面帶微笑地告訴對方。

陳關還沒來得及回話，工作室的大門已被人推開，傳來冷冷的語氣——

「如果你想殺他，我可以教你棄屍十次都不會被警察發現的方法。」正好聽見後面那段的言東風往來客瞟了眼，有點吃力地抱著大箱子走進來。

虞因立刻放下手上的杯子幫忙搬，一接手才發現真有點重量，可以感覺都集中在右側，需要點技巧才不會讓箱子傾倒，應該又是對方從住所搬來的客戶訂製物，雖然有工作室，不過某些時候東風還是會在自己的住處完成部分工作。「怎麼不叫我去載啊，這麼早。」他看了眼對方的樣子，臉色蒼白，眼睛也有點通紅帶血絲，完全就是張寫著「我昨天熬夜」的爆肝臉。

「找計程車就好了，不用麻煩。」東風抓抓最近又稍微變長的頭髮。「訂的人趕時間，昨天突然說改成等等九點過來拿。」說著，他打了個哈欠，慢吞吞地拖著腳步龜行。

「所以阿因你要不要去看看啊，雯敏妹妹真的很難過欸。」陳關很狗腿地跟過去幫忙搬箱子，抓緊時間說：「而且她的狗狗死得真的有點怪，不然自然升天的事情我就不會跟你說了啊。」

「因爲你知道你說完就會自然升天吧。」虞因盯著箱子被安全擺到長桌上，等東風過來打開後，果然看見裡面又是一座巧奪天工的雕塑原型，機械飛龍精緻細刻的部分很多，旁邊還有訂製者附上的設計原圖，上頭印的公司名是一串英文。

「不是，你們聽我說。雯敏妹妹她家沒有得罪過人，狗平常也很乖，不會亂叫亂大便，可是他們找到狗的時候，狗在有段距離外的其他社區裡，嘴巴整個被膠帶綁起來，一半的頭被打爛，而且還被拖行過，有夠殘忍。」陳關皺起眉，他其實在打工地方聽過女孩描述，也看過屍體照片，實在無法理解爲什麼有人會對小動物下這種殺手。「照片在這裡。」翻出轉存在手機的血腥照片，他遞給友人。

虞因看著血淋淋的狗屍照片，雖然想著爲什麼自己一大清早要看這種東西，但也不由得有點能體會狗主人的心情。

陳關只說了狗的腦袋被打爛，不過相片上其實連四肢也被打得扭曲變形，上面還有幾條斷裂的膠帶痕跡。狗狗是隻中型犬，相當討喜的白色柴犬，卻因爲人類的傷害，本來漂亮的皮毛沾滿了髒污與血色，慘不忍睹到無法想像原本的模樣，其他幾張照片拍的則是現場周遭的樣子。

「凶手兩個人，共騎一輛摩托車，有地緣關係，其中一個有很嚴重的暴力傾向，你們加油。」東風掃了眼相片，丟下這麼一段話，然後拿過虞因放在旁邊的杯子小小地喝了一口，補血糖。

「哇靠，東風弟弟你怎麼看出來的。」陳關目瞪口呆地看著小美人，他只看得出來一團血淋淋的模糊肉塊，沒看出來提示啊！

「輪胎痕。」東風朝兩人招招手，讓虞因把幾張相片傳到電腦上，放大圖片後指著旁邊淺淺的血色胎紋。「這是摩托車的胎痕，改過的高胎，你們兩個有摩托車的應該比較清楚，這邊看膠帶的綁法，有一小部分失手錯亂地糾結成一團，所以這人看起來很慌張，他最幸運的應該是下手的人第一下就把狗打暈了，所以狗沒有回頭咬他。把狗狠狠打死的人下手很殘忍，每一下都打得又重又致命，感覺是慣犯、不至於慌忙，而且顯然他有把握打暈狗，反而是另外一個想綁的人多事了，這麼一來就知道至少是兩個不同的人。」

「我等等麻煩玖深哥看看能不能查這個胎紋。」虞因想了想，把相片備份下來。雖然不是很想被阿關拿來當把妹工具，但他更看不過去虐殺動物的敗類。

東風盯著相片思考了一會兒，淡淡開口：「應該是尋仇，你們找找是不是有人最近被狗咬了，狗主要被攻擊的地方幾乎都靠近頭部和嘴部，還有那一帶有沒有發生過其他的暴力事件。那人完全不擔心在可能會有人出沒的街道直接行凶，推測性格平日就很暴戾。」

「所以阿因要幫忙了對吧。」陳關很期待很期待地看著變成都市傳說的老同學。

虞因沒好氣地朝混蛋同學的頭頂摀下去。

□

上午十一點十分，虞因和放假的陳關抵達受害苦主的家門口。

停車處是個住宅區，主要都是三至五樓左右的老舊透天厝，有的房子稍微拉皮整修過，外表不太相同，有的前後、頂樓加蓋了鐵皮，大多都有種些花花草草，也有幾戶養鳥、鍊著狗，除了陌生車輛經過時吠叫幾聲以外，社區相當平和安靜，看不出什麼異常。

陳關在門前打了電話，很快就有人來應門。

來之前阿關已經先介紹過女生，林雯敏，大一生，和陳關是在飲料店打工認識的。泛舊的深藍色鐵門打開後，出現的是個紮著黑色長髮、長得文靜秀氣的女孩子，皮膚白皙、有點鵝蛋臉，端正的五官沒有化妝，套著米色的七分袖居家服，可能因爲狗的關係，整個人有些精神萎靡，連帶那雙大大的圓眼睛也變得黯淡，眼眶下浮著淺淺黑痕，臉色有點青白，看來這段時間完全沒有睡好。

虞因甚至發現對方的衣服有個釦子扣錯了。

「小敏，這是我之前跟妳說過的虞因。」阿關用手肘推了下旁邊的虞因，笑吟吟地告訴女孩子：「就是我說『看得到』的那個朋友。」

「……你好，我是林雯敏，你們先進來吧。」女孩打起精神，朝兩人微笑了下。「對不起……其實狗狗已經走了一個多月，可是我就是好難過……我一直覺得麻糬還在……我只是想知道麻糬現在好不好，還會不會痛……」說著，她連忙抹抹眼睛，有些抱歉地低下頭。

每個深愛過陪伴自己的小生命的人，對那些曾寵在手心上的孩子們的意外慘死都很難釋懷。

如果能夠選擇，誰都希望自己所愛能夠在壽命用盡後，安詳地躺在喜愛的地方，或是小床鋪、或是生活的某一角，在全家人陪伴下如同睡著般前往天堂。

那個時候，或許大家都會很悲傷，但更多的是感謝與欣慰那小小的生命曾經來過，而非如此讓人宛若被挖去一大塊肉般疼痛難堪，且永遠無法忘懷。

狗狗還在嗎？

打從一進門，虞因就得到答案了。

那隻血淋淋的狗，就站在鐵門後的狗屋前，散發著死亡腐朽的血腥氣味。

「……」

他也沒想到直接面對的就是這種令人怵目驚心的畫面。

破碎的白柴安安靜靜地守在狗屋前，被打到爆開的眼睛只剩下兩個血淋淋的洞，此刻正對著他們這邊，彷彿孤獨又忠心地繼續看顧著主人，即使主人已經看不見祂了，祂仍舊盡忠職守，等待召喚。

林雯敏擦擦眼淚，看著虞因視線落在狗屋上，反射性開口：「那是麻糬的狗屋，不過牠平常比較常待在家裡面，我們家裡有另一張麻糬的床，外面這個牠都拿來藏東西……像偷來的鞋子……牠都偷我爸的鞋子藏在這裡……」

感受到主人的哀傷，白柴拖著破碎的身體，一拐一拐地走到女孩身邊，試圖伸出舌頭舔舔她的鞋子，但那個腦袋只能斷斷續續發出堵住一樣的噗哧哧喘氣，半截舌頭掛在空中，顯得很淒涼。

「我們先進去吧。」吸了下鼻子，林雯敏越過白柴，領著兩人往屋子走。

虞因看著那隻狗狗一拐一拐地走在他們後面，很艱難地跟上來。

他雖然沒有養寵物，但有陣子常常和小魚乾、雞肉乾一狗一貓混在一起。看著白柴的樣子，還是打從心裡覺得不忍，卻又無法將這隻血淋淋的白柴抱起，讓祂少受點苦，只能眼睜睜盯著狗跟著他們進到屋內，又慢慢地走到客廳角落，接著逐漸失去身影。

林雯敏端來果汁給兩人時，情緒已經比較緩和，她在沙發的空位坐下後才重新打量著虞因，並帶著歉意開口：「謝謝你來這一趟，其實我只是因爲麻糬死得很慘，一直有點走不出來，才跟阿關哥說如果有人能告訴我麻糬還痛不痛、有沒有去天堂就好了，沒想到阿關哥眞的去麻煩你，眞的很不好意思。」

「呃……沒關係啦，麻糬死後妳有報警或是找相關單位幫忙嗎？」虞因想了下，把出門前東風給的建議和分析斟酌過後告訴對方。

女孩安靜地聽完，片刻後又流下眼淚，這次哭得非常傷心，原先勉強自己別哭的堅強瞬間被完全粉碎，她只來得及用雙手摀著顯現疲弱的臉龐，整個人痛哭到蜷縮起身體，久久無法平復。

一邊的陳關手忙腳亂了一會兒後，趕緊在客廳找來兩包衛生紙，蹲在旁邊安撫女孩，等著她慢慢地哭聲變小，帶著抽噎的聲音從手臂中抬起頭，那雙漂亮的眼睛哭得紅腫，水泡泡似地眨動幾下，將裡頭新蓄的淚水滴落，才連忙又擦擦眼睛哽咽地說道：「對不起……我……我們那時候有報警……」

「沒關係，不用道歉，妳先休息好了，我們改天再過來。」虞因看了看陳關，後者應該是還要待一會兒安慰女孩，所以他在女孩沒看見的地方給那傢伙一記中指，警告混蛋不要亂來，隨後就先離開。

陳關是個有色心不過比較沒色膽的人，不然以前學校的女生也不會沒什麼防備地和他玩在一起，這點虞因還算是放心的，那傢伙就是某方面比較腦殘而已。

況且和他這個陌生人比起來，在屋內女孩眼裡，他可能還更有威脅些。

虞因笑了下，拿起安全帽發動車輛，正打算趁回去路上順便繞路買點好吃的，突然瞥到那隻名爲麻糬的白柴跟了出來，安安靜靜地坐在路口處，聲音模糊地傳來一聲：「汪。」

啊啊……典型的「跟我來」畫面。

就知道這件事情沒這麼容易解決。

「走吧。」既然都來了，虞因也只能跨上摩托車。畢竟根據過去經驗，就算丟著不管，這小東西十之八九也會跑來纏他，只能先認命一點。

拜訪林雯敏前，虞因已大致從陳關那邊把該知道的事情都了解過一輪，自然也先在網路上查過當時狗被打死的地方。

雖說是另一個社區，有一小段距離，但一路上沒碰到什麼紅燈，騎車大致花了五分鐘左右，說遠不遠，不過說近也不近。

與林家那邊環境類似，這邊同樣是住宅區，沒什麼商業用建築，只是看起來稍高檔些，幾乎每戶透天的外觀都不太相同，且佔地較廣，有小庭院與停車位，即使連棟的也僅有兩、三戶；而剛才林家那邊的是建商整排統一蓋過去，外牆貼磚、房屋規格就沒什麼差異了。

麻糬斷斷續續地領路片刻後，最終消失在靠近街尾拐彎的死角裡，也就是祂被打死的地方。

那是一處兩棟透天中間的夾縫，可能是當初空間規劃上不知出了什麼問題，又或者是道路變更，兩房正好間隔一條可容納一輛車進出的空間，盡頭封死，形成一條窄窄的死巷。時隔多日，地面早被清乾淨，可能連根狗毛都找不到，只能對著照片大略察看當時事發的位置。

這條住宅街道頭尾都有銜接上道路，並不是死路，偶爾也會有些車子通過，只不過上班時間大部分住家沒什麼人，所以完全不見路上有行人或群聚的八卦鄰里可以詢問。

不過也因爲是住宅區，少不了有大大小小的監視器，可惜這處死角雖裝有住家監視器，但當時好像是損壞的，就不知道街頭街尾道路上的監視器有沒有拍到東西。林雯敏狀況不是很好，離開時來不及問調閱結果……能確定的是凶手還沒逮到，多半是「小案子」的關係，承辦人員沒有很用心去處理，不然就是另有隱情，讓他們遲遲查不到犯案車輛。

四周轉了圈沒再見到麻糬，也暫時沒其他線索可循，虞因想想還是先回工作室再說。

「大哥哥你是誰？」

突如其來的聲音讓虞因猛地回過頭，這才發現約兩、三戶外的斜對面，鏤空的銀黑色鐵門後有個約莫三、四歲的小孩蹲在那裡盯著他，不知看多久了，反正模樣看起來像是腳痠蹲在原地休息，身邊還擺著他的小推土機專車，小小的臉上有雙圓滾滾、裝滿好奇的黑色明亮眼睛。

推著摩托車走到那戶，虞因蹲下身與對方平視，有點好笑地想起之前曾和某個小女生奇妙相處過。邊想著邊放輕語氣開口：「我是來找小狗的，不過狗好像不在這裡，你怎麼自己一個人在外面玩？家裡大人呢？」

「馬麻說等一下她就回來了，我在玩推土機。」小男孩看到陌生大人留意到自己的小車，很開心地坐到玩具車上滑到門邊，大聲介紹：「這是推土機，可以放很多東西。」

「好棒喔，你可以借哥哥玩嗎？」虞因表示自己的羨慕，很隨意地攀聊。

「不行，門不能開，不可以給你玩。」小男孩搖搖腦袋，順便兩手緊緊地放在小車上，口齒非常清晰地回應：「而且你是大人，會坐壞掉。」

「那好吧，不過門不可以亂開喔，只有你媽媽回來才可以開，不然壞人會把你抓去賣。」看小孩子堅決的樣子，虞因雖然覺得有點好笑，但還是在心裡無言了下，家長居然把孩子丟在家裡就亂跑。

「汪汪隊會抓壞人！」男孩立刻回答：「萊德有汪汪隊！汪汪隊會給你超級電話！」

「……？」虞因覺得自己可能瞬間電波沒有對上去，反應不過來小孩的意思，不過就字面上來看，可能是某個兒童動畫或者玩具，大概還是和狗相關的。「那有壞人來的時候你要找汪汪隊嗎？」

「有壞人要叫警察啊。」小男孩巴巴地眨眼回應。

「……不是叫汪汪隊嗎？」

「可是汪汪隊不住在這裡，你要叫警察啊。」

「那警察也不住在這裡，你可以叫汪汪隊啊。」

「警察會開警察的車車，可以找警察啊。」

虞因覺得好像很有道理，無法反駁，但到底什麼是汪汪隊啊？

認爲自己和幼童之間出現一道深深鴻溝，瞬間老了一輩，有點哀傷！他之前還是常常聯誼的陽光大學生啊！現在竟然已經聽不懂「年輕人」的話了！

「你是誰！」驚嚇的聲音從身後傳來，隔著鐵門的一大一小同時抬起頭往聲音來源望過去，約莫二十多歲的年輕女性將手提包抱在胸前，警戒地瞪大眼睛。她的穿著打扮很簡便，一身居家洋裝，沒上妝，頭髮也很簡單地挽起夾在腦後，與她精緻的手提包呈現反差。

「馬麻！」小男孩見到母親，很高興地揮手。

虞因站起身，遞出自己的名片，盡量語氣溫和地解釋：「抱歉打擾了，我來附近找朋友，不過走錯路，剛好看到弟弟自己在外面玩，有點擔心他會不會遇到壞人才聊幾句。」拿出手機滑到早先阿關留給他的林家地址訊息，出示給對方看，確認完後，女性的緊張感果然減少許多，連手提包都拿下來了。

「謝謝你的幫忙啊，不好意思，因爲最近有奇怪的人在附近徘徊。」雖然知道對方不是壞人，不過基於家中沒有其他人，女性還是只站在鐵門外說道：「附近鄰居家裡出事急須借錢，我才讓桐桐在家裡等我，就在前面街頭而已。」

剛說完，街頭轉角處傳來一陣吵鬧聲，還有疑似玻璃被砸的破壞聲，即使有點距離，還是可以聽見讓人不安的怒吼。

「受不了欸，那戶的先生賭博欠錢一堆之後常常回來鬧，剛剛才借他老婆要付小孩住院的錢，不會又被搶了吧……」女性皺起眉，露出不以爲然的表情與幸好那是別人家的態度，回應訪客的一臉疑問：「他們家本來有個大女兒，以前還會來幫忙打工陪桐桐，後來也因爲這樣離家出走了，到現在還沒回來，但是那個人渣還是一樣每天都在賭，沒錢就回家吵，他們媽媽剛打電話來哭說小兒子住院兩天了，連一點買東西的錢都沒有，爲了孩子好我才拿錢過去幫忙的，畢竟是救命錢，如果被搶就糟了……你可以幫我再看一下桐桐嗎？我還是再過去看看好了。」

即使表露出不屑那種窮賭爭吵的態度，女性說著說著終究還是不放心。

「啊我過去好了，我是男生比較方便。」虞因聽吵架的聲音越來越大，周邊幾家住戶也紛紛開了窗看狀況，不過大概就像女性所說，他們太常吵架，以至於雖然不少人探看動靜，可是居然沒有一個人打開門出來，只在自家中指指點點，細語著各式各樣的抱怨。「桐桐的媽媽妳報警一下。」

丟下話後，虞因順著聲音來源往街頭轉角跑去，果然還沒到達，就先聽見男女爭執不下的吼叫——

「你不要拿！不要拿！這是我剛剛跟鄰居借的！」

「幹！閃啦！」

「你不要拿！你兒子住院了你知不知道——啊！不要拿！」

「肖查某！滾！」

加快腳步繞過圍牆，虞因正好看見一名蓬頭垢面的中年男子用力推開滿臉淚水的婦人，兩人在打開的車庫裡爭執，顯然已經動過手了，婦人身上有幾個鞋印，臉上也有巴掌痕跡，男人的臉上、手臂上同樣充滿抓痕，有的很深且正在滲血，足以看出婦人想阻止的強烈念頭。即使被踹了撞在牆壁上，婦人還是再次撲去，死命摳著被男人握在手裡、已縐成一團的幾張鈔票。

「幹！」

「住手！」

一把抓住施暴男人的手，虞因出力把人往後扯開，還沒壓制下去，突然瞄到旁邊有個東西削了過來，反射地拽著人一避，那把戳過來想把男人腹部開個洞的水果刀正好劃過他的手臂。

「你、你走開！我把他殺了……讓我把他殺了……」婦人全身顫抖地瞪著突然冒出來的陌生人，但握著刀柄的手異常用力與堅定，染血的手指像是死也不會鬆開，連關節都泛白到彷彿快要折斷，急促又沉重的喘息後好不容易才繼續吐出帶著血腥的字句：「他不死……我們全家都、都不能活……」

「幹、幹！肖婆！」眼見情勢不對，男人用力撞了有點發怔的虞因，趁對方脫力鬆手，在巡邏車的鳴笛聲靠近前，抓著那幾張紙鈔連滾帶爬地跑走，很快就消失在街道另外一端。

「幹你娘！你有種就不要再給我回到這個家！」看著逃竄的背影，壓力突然驟減的婦人大哭咆哮著：「你死在外面不要回來！你回來我就和你同歸於盡！幹！幹！你去死啦！」淒厲的聲音迴盪在空氣裡，卻沒傳進已經逃竄的那人心中。

「欸……妳冷靜一點，先把刀放下！」摀著冒血的手臂，虞因檢查傷口，幸好不太嚴重，只是淺淺的，像是不小心劃到。

哭得亂七八糟的婦人發洩般將水果刀用力扔到屋內，發出碰撞的聲音，她整個癱在地上，撕心裂肺地號哭，直到兩名巡邏員警下車在旁邊站好，她的哭聲才慢慢轉小。

趁著這時候虞因才能好好打量，雖然渾身是傷，不過婦人其實就是一般的家庭主婦打扮，身上穿著的是市場販售的便宜衣服，染色呆板的暗色工作褲上沒有任何花紋，只有洗不掉的陳年污漬，與剛剛打架時沾上的血污、被家具勾扯破的小洞。

婦人非常瘦弱，還矮虞因一個腦袋，曬得黝黑與曬出不少斑點、皺紋的臉就是尋常中年婦女的樣子，沒有任何特點，大約四十多歲，臉色很差、眼袋很深，看起來相當疲憊，似乎有好一陣子沒有好好休息了；因久未保養，臉上皮膚摺痕與下垂很嚴重，扁塌的頭髮有些斑白，讓人感覺實際年齡說不定會比外表看上去小一些。

因打鬥而洞開的屋子大門內一片混亂，家具倒成一堆，不少看起來像是手加工零件的箱子被踢得四處傾倒，細小的零件噴得滿地都是，仔細一看，其實外面這個車庫也是，雖然沒有房車，只停著一輛小機車，四周同樣放了不少裝滿零件的紙箱與雜物。

「同學你沒事吧？」一名較年輕的巡邏員警注意到虞因的動作，連忙過來檢查傷口：「要幫你叫救護車嗎？」

「啊，不用了，我很習慣，可以自己處理。」虞因回過神，有點不好意思地苦笑了下。「能借個急救箱嗎？」習慣兩個字說出口連他都覺得有點淡淡的憂傷，大概沒有人可以像他這麼習慣了，而且這次還是這種連要求醫藥費都很難開口的狀況。

「……我家裡面有，我拿給你……」似乎聽見什麼關鍵字，婦人終於停止大哭，失魂般搖搖晃晃地站起身，一拐一拐地走回屋子。

虞因將名片和身分證遞給警察，大致上說了下自己是聽到吵鬧聲過來幫忙的，員警很快就把證件還給他。

畢竟對方看起來實在沒有半點惡徒的樣子，所以兩名員警立刻相信說詞，沒多加刁難。

「這戶這個月已經第八次了。」比較年長的員警無奈地搖搖頭，惋惜地嘆口氣：「男的幾年前因幫人作保，結果受牽連欠下一堆債務，討債的鬧到他工作的地方，害得他被解雇，好不容易他家和老婆娘家拿出一大筆錢還了幾百萬擺平那件事，幫他們至少保住這房子，沒想到男的一蹶不振，去打工後和附近工人混在一起迷上簽地下的，現在沒錢就回家搶，還在外面欠了一筆……他妻女眞的很倒楣。」

「沒考慮離婚？」虞因看剛剛那樣子，至少可以肯定妻子是有被家暴的，居然還忍耐？

「老樣子啊，爲了一家圓滿。」兩名員警對看一眼，大概也覺得很無可奈何。「都不知道這種念頭要害死多少人，社工勸也不聽，還好男的不太對小孩動手，每次鄰居報警我們也只能勸，太過分就抓，結果老婆還是來保他。」

「……哇靠。」虞因只有這個感想。

「你眞的不用去醫院嗎？至少去看看要不要打個針吧。」員警盯著傷口一會兒，還是覺得不妥。

「沒關係，我等等自己過去就好了。」感謝對方的好意，虞因只覺得有點大事不妙，今晚回家可能會遭到三個臭男人的逼問……不，可能不用回家，回工作室就會先遭到精神攻擊了。說起來到底爲什麼不能是妹子的關懷，一家裡面另外三個是男的就有夠悲慘了，時不時來吃飯借住的也都幾乎是男的，眞的有夠難過。

閒談之間，婦人終於帶著急救箱出來，應該是在屋內稍做過整理，頭髮和臉乾淨許多，一身髒衣服已換過，剛才失魂落魄的樣子也不見了，變回普通家庭主婦的模樣，只是兩眼依然紅腫，泛著悔恨和不甘。

「對不起，是阿姨誤……」

「沒事沒事，我不小心自己撞到的，和妳沒關係。」搶在對方要說出拿水果刀誤傷之前，虞因連忙開口，看了兩名員警一眼，說道：「不過你們打架亂丟東西眞的很危險，會給鄰居造成困擾，不能每天都這樣啊。」

「我也不想……我也不想……」婦人再度流出眼淚。「我眞的不想……」

接過急救箱，虞因在心裡鬆了口氣，反正只是小傷而已不用鬧大。開了箱子正要找食鹽水，突然注意到屋內有道視線，抬起頭，對上了雙黑暗中的眼睛。

從外面這個角度看進去，雖然可以看見大門裡大廳混亂的狀態，不過再往裡面的走道因爲沒開燈，其實是很陰暗的，深處暗部有道身影晃了一下，像是發現虞因的視線，於是扭頭走掉了。

……大概是這對夫妻的小孩吧。

生在這裡，都不知道該說幸或不幸了。

「都市傳說？」

「不，並不是。」

下午五點多，在工作室門口簽收完包裹，東風看見一天不見人影的傢伙帶傷回來後，進行了以上的交談。

虞因接過有點重量的包裹，然後將手上的紙袋交給對方，一起移動腳步進門。「我剛去縫了兩針，回來順路買的。」沒想到傷口比他想的還要深，可能是那時候婦人真的抱著要和對方同歸於盡的決心，下手有點重，他到診所發現血還在流才覺得不對，幸好沒有傷到重要血管神經。「聿呢？」

「剛上去。」東風順手拍了二樓的室內對講機，然後轉去泡茶，邊聽著虞因說今天自己去看那個狗事件的後續經過。

鐵門後的小男孩叫趙偉桐，年輕的媽媽叫徐馨云，報警之後便沒過去了，虞因回去牽摩托車時，看小孩已不在外頭，名字還是向警察們問出來的。

吵架的夫婦則是江勇忠與周秀美，後來虞因和員警各自又湊了點錢，給那名婦人先送去醫院應急，畢竟求證後確認小孩眞的住院了——原先以爲只是個小感冒，因爲要省錢所以在家隨便吃了成藥，想說休息兩天就會好，沒想到小孩竟然沒轉好，直到送醫才發現已經併發其他症狀，目前正在觀察中。

「人類還眞是忙碌啊。」東風看著盤裡的果凍，不是平常那種小果凍，是現在頗流行的創意果凍，七、八公分的大小，裡面有著正在游泳一樣的豆沙小金魚。

自從聿開業後，這人帶回來的點心更加多元化，能看出很用心在找各種不同的食物回來給聿做各方面的參考，當然也可以看出在上面砸了不少錢。

「說得你好像不是人類一樣……」虞因有點無言地盯著越來越像美少女的友人。之前受傷住院時頭髮剪掉了，後來慢慢長回來，有陣子維持短髮，現在又長到快要到胸口處了，雖然還是很瘦，不過現在跟著他們吃吃喝喝多少長出些肉，搭配他偏小的骨架，乍看還眞的很像減肥中的纖細高中少女。

端著水杯走進來的聿瞄了眼虞因左臂上的繃帶，一言不發地在東風旁邊空位坐下，同樣有著金魚果凍的點心盤上馬上被塞了隔壁撥過來的大半果凍，內含半條分屍金魚。

所以說，爲什麼這裡都沒有眞正的美少女可以撫慰人心啊……

虞因仔細端詳對面兩人，東風先不說，聿現在也是帥哥一個，還是那種小妹妹很喜歡的高冷型寡言酷哥，人帥話少錢多，名下還登記一家工作室，要臉有臉，要身高有身高，還做得一手好菜、好點心，爲什麼就不能在外面招蜂引蝶，讓小女生從門口排到路口獻殷勤呢？

「你自己都沒有好意思看別人。」

「你也沒有。」

幾乎同時，兩個啃果凍的小孩心有靈犀般地朝他這個當大哥的人吐槽，虞因只覺得一陣胃痛，深沉地覺得智商超高的人類完全不好相處，話都沒講就直接看透還這樣傷害他。「你們還好意思說，要不要回想一下我每次聯誼還是交女友都發生什麼事情，還有上禮拜那個漂亮美女……」

喔對，說到上禮拜他才莫名其妙，好不容易認識個聊天愉快的女孩子，邀來工作室吃點心相談甚歡時，東風走下來順口一句「你爸問我今天要不要去你家睡」，那個女孩子突然當場變臉色，後來就匆匆離開，再也沒聯絡了。

Why？

虞因到今天還是想不通那天發生什麼事。

「那你去當和尚斂財好了，反正都交不到。」東風冷酷地給了結論。「而且宗教騙人不但賺很多，還可以美化成神明的語言和善意的謊言，別人會很尊敬地跟你道謝。」

「不要隨便幫人決定出路。」虞因很想吐血，他總覺得這傢伙只有剛失憶那陣子比較可愛，現在講話又越來越機車、都快跟他以前差不多了。

滴滴……

聿抬起頭，疑惑地盯著虞因。

「奇怪，什麼聲音。」被盯著看的人掏出自己的手機，莫名聲響不是他的手機鈴聲，也不是其他預設聲音，螢幕上並未顯示任何訊息或異常，那個聲音也不見了，彷彿集體幻聽。

三人同時噤聲，但過了快一分鐘還是沒聲響，虞因只好先開口：「可能又有什麼東西在惡作劇了，先不用管吧。」自己說都有點悲傷了，不過是事實……他這輩子遇過的惡作劇不是活人搞的居多。

「房子裡面沒有其他人。」

「啊？」

虞因看著莫名開口給了句話又低頭吃果凍的聿，呆滯了幾秒後才反應過來對方是什麼意思。「周秀美家裡沒有其他人？」桐桐家沒人這是確定的事情，所以再提出來說是有點多餘，這麼一來，指的就是後來那戶人家了。

「嗯，不然不會丟刀。」聿淡淡地開口。雖然他在樓上整理東西，不過室內對講機開了擴音，所以還是把前因後果聽得很清楚。

確實，正常的家庭主婦應該不會在知道有人、特別是小孩在家時，往屋子裡面丟刀。

那他看見的是什麼？

「跟剛剛的聲音有關係嗎？」東風放下湯匙，整理食用完畢的小盤子。

「可能有，我明天再去一次看看好了，狗的部分也有點在意。」雖然不想又捲進什麼怪的事情裡，然而遇到了還是要盡量處理，否則那些東西也不會乖乖地讓他走人，這點虞因幾年來已經有深刻認知。

後來一直到回家前，那個聲音都沒有再出現過。

不過虞因還是錯估了八卦的力量，當晚，他原本認為最多就兩大兩小會來靠杯他的負傷，沒想到稍晚就接到某朋友是診所醫師的法醫看好戲的電話，接著是某法醫朋友、檢察官的慰問，還有禮委婉地問他需不需要幫助，或是預計想要什麼幫忙；然後某鑑識抖抖抖的電話，順便跪求他不要帶怪東西……活像他已經掛了，屍體正在接受各方關愛的目光洗禮。

靠……這些人根本可以凶案包套一條龍啊！

逼得最後虞因不得不直接回撥手機，對著興風作浪的某法醫狂吼：「嚴大哥！不要又在群組上寫怪東西了！」

有完沒完啊！

眞的會被氣死！

□

滴滴……

「咳咳……咳咳咳……」

「咳咳……」

半夢半醒間，似乎嗅到某種煙味，相當地淡，不知道從哪裡飄來的，黏稠地卡在鼻腔、喉嚨裡，讓人快喘不過氣、要窒息了。

火災？

不，好像不太一樣。

雖然知道自己應該從這狀況清醒過來，不過身體很沉重，手腳指尖異常發麻，嗆咳的煙味又開始瀰漫上來。

對不起……

對不起……

滴滴……

怪異的電子聲響再度傳來，這次他聽清楚了，好像是手機的某種自設音效，不知道是用在什麼地方。

床鋪的另外一端緩緩下沉，隱隱像是有人趴在床邊低聲哭泣著，伴隨著那陣讓人連頭都痛起來的煙。

「咳咳……」

對不起……

猛地掙扎睜開眼，四周是伸手不見五指的一片黑暗，什麼也看不見，空氣中有絲血腥味，不明液體答的一聲落在他的臉上，帶著腐朽的氣味。

「對不起……」

……

……

再次恢復意識時，陽光已從窗簾縫投射進來，在房間地板拉出一條與黑暗切割的亮線。

虞因按著脹痛的腦袋坐起身，打開了床頭燈，看著床邊的黑色腳印沉默了幾秒。淺淺的黑色印子看得出是裸著的腳印，因爲比正常男生小一點，所以可以知道是女孩子，腳尖朝著床鋪的方向，幾乎可以感受到來自不同世界的冷冷視線。

「咳咳……」

不只頭痛，連喉嚨都很痛，而且還有輕微的耳鳴。

原本想用手機拍下腳印，沒想到連續按了幾次快門，相片內的地板都是無比乾淨，完全拍不進印子。

總不能叫玖深哥直接來家裡看吧……他可能又會嚇得壽命縮短……

頂著暈眩發沉的腦袋簡單梳洗過，虞因按著牆壁小心翼翼地走下一樓，幸好頭痛暈眩程度不至於會讓他滾下樓梯，只覺得腦袋有一邊很重，還有點眼冒金星。

「阿因你感冒嗎？我半夜好像聽你一直在咳嗽。」聽見聲響，虞佟皺著眉從廚房走出來確認兒子的狀態，發現果然如自己猜測。「有點發燒，你今天不要亂跑了。」他注意到對方穿著比平常更正式一點的衣服，不知道是不是和客戶有約。

「大爸……你們最近有燒炭還是車內自殺的案子嗎？」扶著頭在旁邊坐下，虞因給自己倒了杯溫水，仔細回憶半夜的狀況，覺得果然還是比較有可能是燒炭類的，那個煙還有投映到身上的症狀，該說還好那個阿飄不是來抓交替的嗎，不然他大概今早就直接變成屍體了。

「近期沒有，你的手是怎麼回事？」虞佟正想說點什麼，突然發現對方手上有一小片紅色痕跡。

「咦？」虞因轉過手腕，這才發現左手臂內有一塊燙傷，已經起了幾個細小傷口和水泡，直到發現之前都沒有任何感覺，被點出來後卻突然傳來痛感。「靠……」

虞佟直接抓著人去洗手槽沖水，順便拍了傷口樣子傳給昨天還在群組亂造謠的友人。

「阿因，你最近到底在幹什麼？」東風事件過後，他們家至少安靜了一陣子沒發生這樣的事情，他原本還以爲可以稍微平息，又或者是後來去宮廟有效果，沒想到竟然再次出現了。

「呃……就跟昨天說的一樣啊，別的都沒做，人不是我殺的。」虞因很無辜地喊了冤枉。昨天聿說了房裡沒人之後，他就隱隱約約覺得要倒大楣，當時的確有對上視線，算是正面接觸到，所以十之八九跟回來的就是當時房子裡的東西。

他們殺了人嗎？

不，從屢屢引來警察的吵鬧看來，不像是曾動手殺人，太過明目張膽了，那就是……離家出走的大女兒？

「嗯？」回過神，虞因突然發現腦袋不痛了，那些嗆咳耳鳴的症狀消失得一乾二淨，就連手都不痛了。他拍拍自家老子的肩膀，關掉水，手上的燙傷果然已消失無痕，皮膚上連點紅印都沒有，如果不是剛剛兩人都見到了，還眞的會以爲是錯覺。

死的是那戶人家的大女兒？

他抬起頭，看見窗外的黑影，纖細的輪廓站在庭院陰影一角，完全無法辨認面容與特徵，雙手下垂貼在身體兩側，就這麼緩緩地變淡消散。

「……大爸，可能眞的要麻煩你們查點事情了。」

□

從摩托車後座下車，虞佟看著同事發來的訊息，然後檢視著面前的房子。

「江勇忠的兩名兒女分別叫作江雪穎、江彥穎。」

上午，兩人重回江家的住宅。

虞佟一早請同僚幫忙簡單地查了江家的背景，其實並不太複雜，大致上就像當時巡邏員警說的一樣，作保欠了幾百萬後，兩家的長輩看在妻小可憐，幫忙湊錢還債，保下房子讓他們繼續居住，沒想到被騙作保這麼一次後，江勇忠整個人性格丕變，天天怨恨欺騙他的朋友，覺得世界不公，又拉不下面子回去原本那一行從基層做起，心態扭曲、行爲潦倒地放任自己混吃等死，沒錢就隨便當臨時粗工或找個地方打工，沾染上菸賭惡習。

「抗壓性眞低啊。」雖然昨天就知道了，不過虞因還是這麼覺得。而且他朋友也眞的滿陰險的，從他們手上得到的消息來看，那朋友應該存心想擺爛的，讓人作保後沒多久工廠就周轉不靈，馬上捲款逃逸，結果各種債權人才找上保人……也難怪江勇忠對人性失望。

多虧這種人，現在倒是很多人不敢隨便幫別人作保了，沒事就算了，出事馬上顯現社會黑暗面，各式各樣的血淚教訓直接爆發。

「江雪穎十七歲，高三，校方很早就反應小孩幾乎三兩天就蹺課，與家長溝通也不見改善，約兩個月前直接不去上課了，學校過了幾天發現不對，聯絡家長才知道是離家出走，小孩有發簡訊給媽媽說再也不想回家，通報失蹤到現在還沒找到人。」虞佟說著，再次看了寂靜的透天厝一眼，在心中低聲嘆息。先前失蹤找不到人，如今應該是……只能協助她用另一種方式「回家」了。

長久以來他心中其實一直感到很複雜，他並不想自己的小孩不斷捲入這些事情，可是每當虞因幫忙找到一個人，就能幫助某些可能永遠回不去的「人」被發現、被帶回，不論是死者或家屬，都可以得到安慰。

他並不想要虞因去接觸這些，但他們不能阻止他去回應那些求援。

「好像不在家。」

一旁虞因的聲音讓虞佟回過神，前者按了好幾次門鈴，安靜的房屋內沒有半點聲響。虞因聳聳肩，「阿姨應該是去醫院了，江彥穎住院，江勇忠大概又去賭博。」左看右看也沒看見阿飄的出現，大概得等屋主回來才行了。

小兒子江彥穎今年十歲，其實和姊姊的年齡有點差距，還不知道兩人平常相處的狀況，只曉得江彥穎好像原本身體就不是很好，醫院那邊查到不少就診記錄，各種大小毛病都有，算是個有點倒楣、先天瘦弱的小孩。

詢問學校後，校方表示日常都是媽媽在照顧小兒子，有事須家長來校也都是母親出現。

「不然晚點……」虞因回過頭，正想說晚點再來看看時，一張鮮血淋漓的面孔直接與他面對面，清楚到他都快在對方瞳孔急速收縮、充滿恐懼的雙眼裡看見自己的臉。下秒，那張臉瞬間消失，他也才從剎那間的驚愕中反應過來，慢慢意識到剛才出現的是什麼。

虞因按著有點發痛的額頭，快速回想那張臉的樣子。

男性，雖然滿臉都是血，不過他有把握那是誰，畢竟昨天才剛看過本人。「江勇忠？」

翹了？這也太快？

「江勇忠出事了嗎？」虞佟按著虞因的肩膀，先往自己弟弟的手機發個訊息，隨後說道：「我先載你到工作室，剩下的我們處理。」這時間，聿和東風都在工作室，比家裡還有得照應，而且裡頭設計了休息空間，還擺有舒適的床鋪和一些日用品，所以不用刻意把人丟回家裡。

原本以為虞因看見的應該又是另一個死者，不過這個想法很快就被推翻。

憂心忡忡載著人抵達工作室門前，還沒停下摩托車，虞佟大老遠就先看見巷底的騷動——約莫七、八名一眼就看得出是混混的東西堵在出入口，其中一個拿著木棒，不懷好意地敲著圍牆，發出恫嚇的聲響。

站在工作室大門口的聿冷眼看著一群不速之客，順便擋著身後的東風。

「你們在幹什麼！」

虞因跳下後座，馬上越過眼生的流氓，擋到聿前面。「你們兩個先進去。」

開玩笑，他覺得他好像看見聿和東風準備開殺戒的眼神了，有夠恐怖的！他完全不想知道他們兩個會對這些流氓做什麼事情！

「喔？可是他們剛剛說要我去陪玩欸。」東風靠在大門邊，精緻小巧的面孔似笑非笑地說：「還說陪他們吃飯什麼的，我正在考慮要不要去。」順便舉起左手，上頭有被強扯掙扎過的烏青痕跡。

「哼。」聿直接發出不屑的聲音。

虞因立刻覺得後腦一麻，難得對上他們的電波。

毒殺！這群流氓差點被毒殺！

「郭哥！就是他！我老婆昨天就是跟他拿的錢！」

虞因還在想著這些人差點死得不明不白時，熟悉的聲音從流氓頭頭後面傳出來，居然是那個他以爲凶多吉少的江勇忠，整個人活蹦亂跳看起來精神很好，當然也沒有那個血流滿面的樣子了。

男人諂媚地彎下背脊，在那個「郭哥」旁邊低聲下氣地說：「你看，這工作室看起來也滿有錢的……」

被稱爲郭哥的男人約三十多歲的樣子，身形高大削瘦，剃了個平頭，一張方臉黝黑，臉頰上的骨頭有些突出，眼窩微微下凹，瞇起的眼睛眼神不正，讓他看上去略帶刻薄陰險。

「等等，說一下前因後果好嗎。」瞄到虞佟停好車，就坐在摩托車上面看，虞因想想，便用和正常人對話的口吻詢問：「請問我有惹到誰嗎？」

「臭小鬼！你昨天來我家鬧事，帶衰害我賠了一大筆，識相點拿個飯錢車馬費補貼一下，不然……呵呵。」江勇忠直接大聲喝道。昨天他就覺得這小鬼年紀不大，看起來不像出社會很久，最多應該也就大學剛畢業，後來知道他給那個瘋婆子好幾千，名片看起來又很高級，就壯著膽子帶人來踩點。

一到這裡發現工作室根本也都是小孩，其中一個還高中女生的樣子，兩小孩甚至連保全警鈴都不會按，更讓江勇忠直覺他們好欺負了。

十之八九就是剛畢業的白目大學生好高騖遠，靠著家裡有點錢，在這裡亂投資開工作室，他就跟這些富二代要點保護費不為過吧，讓他們也有點社會經驗，這叫轉大人的學費。

這點在江勇忠看見摩托車上另一個也是大學生模樣的小孩後，更加確定這個想法。

那個瘋婆子賺不了幾毛錢，倒是還有點找到冤大頭的用處嘛。

「……勒索啊。」虞因立刻反應過來狀況。一般大流氓不至於這樣就來找麻煩，所以這些大概就是和江勇忠一起賭博的那些小混混吧。「我窮到快變成靠弟族了，居然還要被勒索……」他簡直就是一百個冤。

「小朋友，說話小心一點。」被稱為郭哥的男子拍拍虞因的肩膀，刻意在綁有繃帶的左臂上捏了捏，「俗話說出門靠兄弟，社會人心險惡啊，給你機會和大家交個朋友長長見識，拿點飯錢出來是應該的吧。」

雖說不是大流氓，不過對方那些手下的體型還算滿壯碩的，之前威脅別人時靠著這種體型大概有得逞過幾次吧。虞因抽回自己的手，左臂傷口被掐得再次痛起，默默在心裡希望傷口沒裂開，才說道：「不好意思，我們這邊做的是規矩的工作，也沒有打算往其他奇怪的方向拓展業務，朋友什麼的就不用交了。那個姓江的欠債是他家的事情，這種人打老婆，小孩生病在醫院的救命錢也要搶，勸你們還是別再借錢給他了，免得最後要賣他器官才可以收回欠債。」

他絕對沒有提醒他們可以賣器官。

站在老大旁邊的小弟首先發難，一棍子就往虞因身上打去。

「幹！」

早預料到又會被打的虞因直接避開棍子，抓住小弟的手腕往外一扭，聽著對方的痛呼聲，同時甩掉他手上的凶器。

站在後頭的聿側身踏出兩步，弓起的右手肘撞在另一個要揮下棍子的混混鼻子上，當場把人撞得鼻血橫流，摀住半張臉大呼小叫。

「我是勸你們不要動手，我弟有被訓練過，很凶的。」虞因反折混混的手臂，後者馬上哀號著跪下來，不斷咒罵三字經。

不是他要說，這兩年聿真的變得超級凶猛，除了身體骨架長開變為成人，現在還能和虞夏或小海對打撐上一小段時間，可能再過幾年就會變成另外一個殺人凶器了，壓根和當年那個小小、會蜷縮在浴缸的男孩是截然不同的樣子。

如果不知道聿的興趣是做甜點，他還真的會覺得這傢伙是不是有個特種部隊或殺手的夢想，讓他勤於練習殺人技。

相較之下，虞因就是自保能力變得比較好點而已，有些技巧，不過照樣被他家凶殘的大人按在地上揍。

沒想到會被幾個小孩反撲，一群來找麻煩的人吞不下這口氣，吆喝怒罵著正要打起來，中間那名「郭哥」突然喊停。

「同學，我看我們是有誤會了，這樣吧，你們看上去應該也沒人罩，我郭哥和你們交個朋友如何？」郭哥揮揮手，讓兩邊的混混退開。

這聲同學還是刻意加重的，顯然瞧不起他們這種開在偏僻位置的小創業。大白天這樣找麻煩，也顯示了這些人有點背景撐著。

虞因鬆開手，讓跪在地上的小混混咒罵著爬起身跑回去。「我剛剛也說了，這邊做的是正當工作，請不要再來騷擾我們……」

話還沒說完，那個「郭哥」竟抽過手下的棍子，旋身直接往江勇忠的頭一棒子打下去。

事情發生得太快，虞因根本來不及阻止，更別說位於更後頭的虞佟，只能眼睜睜看著江勇忠摀著頭在地上打滾，腦袋上裂開的傷口噴濺出鮮血，隨著他亂滾的動作染得滿臉都是，看起來異常駭人。

虞因心中喀咚了聲，兩張滿臉是血的畫面在這瞬間重疊。

「你要不要好好想想，再來說話。」男子露出警告性的殘忍笑容，然後用食指點點自己的頭：「人在講話時最好要經過腦袋，才不會常常後悔自己說錯話啊小朋友。」

「他沒有說錯，你們最好別再來騷擾他們。」坐在後方車邊的虞佟微笑著打斷對談，在一群混混的視線當中站直身。

「看來現在小孩子別人說人話都聽不下去了，那大哥們來給你們上個社會大學吧。」「郭哥」不懷好意地笑著，幾個人直接包圍看起來斯斯文文、大學生模樣的落單青年。

上門前他們就已打壞了巷子裡的兩支監視器，倒也不怕這些大學生會怎樣。這種被保護得太好的小孩子吃揍就會乖，嘴巴才會收斂一點，之後就會很好操控了。

況且，他的姨丈還是個議員，有點面子，背後還有個堂口挺著，加上他手裡有黑底，根本不怕這些小屁孩去報警。

「給我打！」

□

小巷口，救護車與警車的燈光不停閃爍著。

虞佟往江勇忠身上翻找了下，拿出被揉得發縐的名片後才讓救護人員把人抬走，轉過頭把名片還給原主人。「下次不要再把名片給奇怪的人了。」

接過帶血的小紙張，虞因趕緊道謝。

其實他也沒想到會這樣，原本留給周秀美只是想說如果有需要還是可以找他，沒想到最終會被江勇忠拿走，還膽敢來這裡威脅放話。

不過這也讓虞因覺得這個姓郭的膽子眞大，聽一聽就敢來找麻煩，這種囂張的做法感覺是建立在之前多次順利犯案的經驗上啊。

「學長，這些人和你說的一樣，確定都是外縣市來的，幾個月前開始在別區聚眾滋事，不過大多是在工地，偶爾會用各種藉口小額勒索附近的商家。」過來支援的小員警帶著崇拜的目光站在虞佟面前，眼巴巴地看著剛剛徒手撂倒七、八名高大混混，讓他們痛到哭爸唉母還沒有什麼明顯外傷會成爲把柄的前輩。

「我猜也是，這一帶沒認出我的臉算很罕見的。」虞佟剛到時就發現了，這些人不但沒認出這張臉，還把他當大學生——標準沒被虞夏揍過的小混混。

因爲工作室開在這裡，所以其實他們這些人、包括虞夏，很常過來，這也就表示附近一帶作亂的滋事分子們幾乎都被會習慣性巡視環境的虞夏修理過，至今大部分都認得這張對他們來說根本就是噩夢一樣的臉，以至於這區的治安變得非常好，好到沒什麼人敢順手牽羊，監視器也都快變成裝飾用，外頭的店家因此很常偷偷往工作室信箱塞許多折價券、贈送券，以表達感謝。

「大爸，我可以一起去醫院嗎？」看著在救護車裡誇張唉唉叫的江勇忠，虞因確認工作室這邊沒事後才開口。那男人雖然看起來滿臉是血、很嚴重的樣子，其實也就是個小傷口，救護人員拿食鹽水沖洗過，傷口大約只有兩公分左右，可見「郭哥」僅是做樣子給他們看的，更大的用意是想震懾他們這些剛畢業的學生，好讓他們不敢多加反抗。

「你們都別去，在這裡待著就好了。」虞佟摸出手機，看著上面傳來的幾條訊息，勾起微笑，給對方回傳答覆，邊跟虞因等人交代：「聿和東風也別亂跑。」他看著兩個小的在救護車附近盯著那些小混混們看，不由得多提醒了句。

雖然很不想說，不過那畫面太像兩頭沿著籠子繞圈走動的猛獸，籠子裡關著的還是自以為會飛天的雞，正在咯咯亂叫。

「……沒想到你們背景這麼硬，早知道就不管姓江的在那邊狗屁話。」蹲在一邊的「郭哥」——郭博昆收回自己的身分證，順手又往發痛的小腿揉幾下。本來以為只是一群智障大學生，很好欺負，沒想到裡面混了刑警，還是他姨丈交代過不要去惹的刑警，而且似乎早就到場的巡邏員警也刻意等了半天，直到他們這些搞事的被揍一輪才進來。

踢到鐵板了。

郭博昆到現在才知道為什麼之前剛到這裡時，他姨丈用一種感到很哀小的表情跟他說不要找看上去很年輕的警察麻煩，尤其是姓虞的，那群人跟瘋狗沒兩樣。

不過隨著平日有人罩，在工地和各處作威作福久了，他反而忘記這事情。

「你和江勇忠很熟嗎？」虞因挑起眉，看著一臉大便的流氓。「你知道他家的事嗎？」

「衝啥？你跟他老婆有一腿嗎。」郭博昆冷笑了聲。

「你才跟他有一腿。江勇忠大女兒離家出走的事情和你們有沒有關係？再裝肖維我就要檢舉你們誘拐未成年少女。」虞因白了男人一眼，順便目送著江勇忠那邊的救護車開走。

「幹！少在那邊栽贓！姓江的女兒自己離家出走干我們屁事！」聽到對方要潑髒水，郭博昆立刻罵出來：「恁北早就看姓江的不順眼很久，老婆小孩照顧不好，那個女兒一天到晚蹺課他也不管，人跑了只有他老婆在找，他照樣天天喝天天賭，還公鯊小搞大了就自己會回來，沒看過做人老杯垃圾成這種德行！」

「江雪穎是私奔離家出走？」聽見對方的關鍵字，虞因皺起眉。

「誰知道啦幹，我們只是要錢，又不搞未成年的。」郭博昆沒好氣地往地上吐口水，抖著腳，露出意有所指的詭笑：「不過姓江的不是只有欠我們錢，他一共欠了三攤，搞不好他女兒是被他拖去賣的也說不定。」

「別說謊了，還敢說不搞未成年？」走過來的東風抬起瘀青一大片的手腕。這群人來鬧事時把他當成小女生，幾個沒水準的拉了他就要拖出去，現在還敢大言不慚啊。

被這麼一嗆，郭博昆才想起來還有這件事，頓時話都噎回去。他只覺得這群人到底是哪裡有病，老的看起來像小的，小的看起來像女的，讓他栽了這個跟頭。

「反正告你們這種人也是浪費時間，你不如說說江勇忠另外兩攤是怎麼回事。」東風拿起手機，給幾個混混拍了照片。

「……我們那一帶工地的，另外一群地下；還有一圈是網路的。姓江的林林總總也欠了五、六十有，沒讓他斷手斷腳是要他把剩下的還一還。」郭博昆沒好氣地嘖了聲：「會來你們這邊也是因爲姓江的說這小子是他們啥小親戚，昨天還拿好幾千給他老婆，帶我們來這裡討點利息花花，要知道是在唬爛我們也不會來。」

「不是唬爛你們就來嗎，欺負什麼小孩子。」一邊路過的員警隨手往郭博昆腦袋搧去，發出響亮的啪一聲。「誰跟你們借錢就去找誰討，都什麼年代了還大搖大擺牽連周遭啊！」

郭博昆嗤地罵句幹，就把腦袋轉向另一邊。

「江勇忠這段時間沒贏過嗎？」虞因挑起眉。

「幹，他有贏啦，最近好像拜鬼一樣贏了好幾筆，不然他都快欠破百了，早就該斷手斷腳，還讓他在那裡跑啊！」郭博昆火大地罵完，正要再譙幾句髒話時，突然喉嚨發出一連串的氣音，臉色立即漲紅發紫。

「快叫救護車！」第一個發現不對的虞因立刻讓開身體，後頭的聿快速扶住人急救處理。只是短短眨眼瞬間，原本還好好在講話的成年男人翻白眼躺倒在地，四肢因痛苦掙扎扭曲成怪異的角度，整張臉逐漸泛成紫黑，表情因爲缺氧變得極度猙獰。

還未離開的救護人員連忙將人推上救護車，嗚笛聲響，分秒必爭地衝了出去。

突如其來的遽變也讓原先有點滑稽的現場完全肅靜無聲，所有人面面相覷，反應不過來到底發生了什麼事。

滴滴……

巷口處站著那名離家出走的失蹤少女，嚴重腐朽的身體沾滿了黑色黏稠的液體，半歪著身體背著光，如同大片黑暗剪影，看著一切與祂毫無相關的騷動。

少女漆黑的臉龐慢慢自嘴部咧開血色的縫，像是笑聲般的喀喀聲響迴盪在空氣中。

那種煙味又飄來了。

「咳咳……」虞因按著圍牆，在劇烈頭痛引動前先蹲下身，果然那塊燙傷的痕跡也浮現出來，帶來刺痛。

爲什麼要殺郭博昆？

他是凶手嗎？

滴滴……

少女僵硬地轉過身，消失在陽光之中。

「郭博昆重度昏迷。」

聿端著溫水走進休息室內，在一邊坐下。「現在正在急救。」

「靠……」虞因坐起身，接過止痛藥和水。還好那塊燙傷消掉了，只剩下殘餘的頭痛比較麻煩。但是比起這些，他更不解為什麼江雪穎會突然對郭博昆動手，難道那個人眞的是凶手嗎？

「我和你一起去。」聿瞇起眼，說話的聲音很平淡，語氣卻不容拒絕。

「呃……好吧。」靠在枕頭邊等殘存的暈眩過去，虞因閉上眼睛。他確實打算再回江家一趟，碰碰運氣看能不能遇到周秀美；到目前為止能確定的是江雪穎已經死了，但沒有屍體也沒有證據，無法直接告訴他們家人，更別說報案了，只能先從他們家這個起點追查看看。

虞佟去了醫院，除了江勇忠以外，還有郭博昆突然出事的後續要處理。誰也沒想到只是普通的不良分子勒索事件，竟然會差點成為命案，眾目睽睽之下一個人突然發生巨變，而且還是那種好像被誰掐到瞬間窒息，任誰看了心裡都會很不舒服，想要快點釐清眞相。

又過了一會兒，止痛藥開始生效，頭痛暈眩退去許多，虞因才重新睜開眼睛，旁邊的聿也沒吵他，坐在一旁翻閱手上的書本，見他沒事了才把書闔上。

按著頭等了半晌，直到腦袋不會再哪邊偏重後，虞因便站起身，「出發。」

——兩分鐘後，虞因直接被趕到後座，他的摩托車駕駛寶座本日第二次遭到篡奪，理由還完全一模一樣，都是他狀況不適合騎車，會引發交通安全事故。

可惡，太瞧不起他了！

「對了，回來時要順路去科博館買個三明治當點心嗎，我覺得芋頭餅不錯……」既然坐在後座，虞因於是肩負起乘客閒聊的責任。反正前面的駕駛目前只對吃的有反應，他就開始思考一路上有哪些食物可以釣對方上鉤了。

就這樣有一搭沒一搭地說著話，不知不覺，江家的透天厝逐漸出現於視線當中。

這次顯然來對時間了，車庫鐵門敞開著，裡頭依舊沒有車輛，只有兩邊排列著裝有手加工物件的紙箱，以及一台老舊的小綿羊；女主人可能剛到家沒多久，小綿羊踏板上還有一個大提袋沒卸下來，車庫內飄著尚未散去的機車排氣味道。

等了一會兒沒看到人，虞因禮貌性地按了門鈴，屋內才響起匆匆跑步的聲音，半掩的大門很快打開，走出來的果然是周秀美。

婦人臉色依然很差，那是長期無法好好休息而累積下來的深層疲憊，半張臉都有些發青了，雪上加霜的就醫事故讓她看起來更像個負重過度的人，邁出的步伐無比沉重，好像不會再有輕快飛奔的那天。

「啊……抱歉我現在還沒錢……」一出來發現訪客是誰，周秀美愣了下，直覺以爲對方是要來討回昨天的那幾千塊，立即露出愁容，有些不知所措。

「我不是來討債的，昨天就說不用還了。」虞因連忙露出安撫的微笑。「有點介意弟弟的狀況，所以多事再來拜訪。」幸好剛剛在路上聿有想到停下來讓他買個伴手禮，他正好順勢將手上的水果籃塞到婦人懷裡。

周秀美露出了感激的神色，她沒想到昨天一個過路陌生人竟會如此掛心他們家的事情，瞬間感受到黑暗生活中難得的溫暖，連連不斷道謝。「彥穎已經回家了，醫生說這兩天在家裡看看，如果沒再發燒就沒事了，你們快進來坐。」

看著好像少了點顏色而顯得有些灰暗的透天厝，虞因收回視線，帶著笑容和婦人說說笑笑地往屋內移動。

聿左右張望了幾秒，目光盯著小綿羊一會兒，也跟著兩人走進屋內。

雖然昨天夫妻兩人打過架，不過現在客廳已被收拾得相當整齊，砸壞的家具能修的補補貼貼後復原了，壞掉的綁好裝袋集中放在一邊；幾箱手加工零件也規規矩矩地排列在牆邊，整體空間因此變得很狹小，卻不凌亂，可見周秀美日常收拾的用心。但也很難想像她昨天事情一大堆，連江勇忠都被送醫，她焦頭爛額之餘竟還花時間整理好屋子，都不知道她到底有沒有睡眠時間了。

「你們兩位坐一下，家裡沒什麼東西，我幫你們切個水果吧。」周秀美不好意思地挑揀著送來的水果籃，從裡面拿出兩顆大蘋果。

「不用麻煩了，請給我們開水就好。」虞因溫聲制止對方的動作，然後說道：「我們等等還有事要離開，眞的不用麻煩，切了也浪費。」

兩人推託幾句，最後婦人還是拿出乾淨的杯子，開了果菜汁加冰塊招待客人。

隨意搭聊中，虞因環顧了客廳與樓梯間，然而什麼也沒看見，沒有黑影，也沒有江雪穎，正常得跟普通家庭沒兩樣。

這房子當初設計不佳，使得採光效果不好，但爲了省電，屋內其餘沒用到之處都沒開燈，整體顯得相當陰暗，間接造成了空間深陷泥沼的氣氛。

「對了，這是您的大女兒嗎？」目光正好掃到電視櫃上的全家福照片，虞因順勢問過去：「她之前有和家裡或朋友聯絡過嗎？」

一提到女兒，周秀美的眼眶馬上就紅了。「沒有，小雪離家出走之後完全沒和我們聯絡，連一通電話也沒打回來過。她以前學校的好朋友都不知道她去哪裡，我當時問了又問，眞的沒人知道……嗚……」

婦人低下頭，輕輕地啜泣著。

「有聯絡過她的網友嗎？現在滿多青少年的失蹤，平日有交往的網友很可能會有點頭緒或知道行蹤。」虞因看著照片上的少女，白白淨淨的有雙水靈大眼，五官標緻好看，很像是那種會被選上少女團體的類型，一頭中長黑髮沒燙也沒染，與其他尋常的乖巧女學生一樣。全家福應該是幾年前拍的，少女的年紀比現在小一點，那時候一家四口的臉上掛著幸福的笑容，背景是某個觀光景點，甚至還有顯然是他們家曾經擁有過的小房車。

……他實在很難對婦人說出口，說這樣的女孩已經回不來了。無論多麼企盼、多少淚水，都……

「警察來看過電腦，說沒有什麼異狀，只能盡人事找了。」婦人停頓了下，思索片刻，為難地開口：「其他的我不知道……她有什麼朋友都不清楚，小孩子亂七八糟的，誰知道跟誰玩在一起，只有那幾個月去附近鄰居家打工時有通知我幾句。」

通知嗎……

虞因下意識注意到這個很生疏的用詞，立即反應過來這對母女的感情不好，這樣就問不出交友方面的線索了，很可能連女兒平常在做什麼她都不知道。

雖然很想上去看看女兒的房間，但以他們的身分提出這種要求似乎太……

「可以借看房間嗎？」

「咳！」

虞因差點被口水嗆到，有點錯愕地轉看居然主動提出要求的聿，後者一臉冷靜地取出一張名片交給同樣一臉驚愕的婦人，彷彿很老練地說：「我也有警方朋友，可以幫忙查查。」

「……」那個警方名片上好巧不巧就是印著他爸的名字呢。虞因當然不能當場戳破，趕緊補上句：「現在小朋友的電腦常都會有隱藏程式，如果不介意的話我們可以幫妳看看，說不定有什麼線索可以找到……找到妳女兒。」

說出這些話時，他看見了淡淡的黑影出現在婦人的座位後方，這次並沒有帶來任何不適，淺影看上去有些扭曲，肢體似乎有點不自然地錯位，像皮影戲娃娃安靜地掛在那邊，幾秒後又再次消失。

就這麼短暫的時間，婦人似乎也思考好了，將名片收下後說：「那就拜託你們了，我真的不知道小雪在想什麼……」

江雪穎的房間有些雜亂。

就和一般的青少年一樣，在這個年紀會對許多物品產生好奇並擁有一定的慾望，她在能力所及之下儘可能買了喜愛的廉價飾品與仿名牌的衣物打點自己，桌上散著幾條髮帶與幾枚彩色玻璃髮飾，還沒開封的染髮劑貼著特價的封條，幾個漂亮的月餅鐵盒堆在桌邊，最上面打開的那盒塞著幾個雜牌糖果盒彩妝。旁側靠牆的單人床上有幾件短版T恤與制服，椅子上則掛著兩件要搭配用的小外套。

可能江家早年也算富裕，房內幾件家具價值不一，原本就裝潢好的衣櫥和床板都是比較昂貴的木料，書桌椅則是在那種常常掛著跳樓大拍賣的家具行可以看見的款式。

虞因差點踩到放在地上的課本與幾本小說，避開走到桌邊打開電腦，是台速度很慢的文書機，主機還發出怪聲。

「那是小雪以前用獎學金買的。你們看看吧，小彥好像起來了，我過去一下。」很放心把房間留給兩名陌生人的婦人一點也不顧忌，直接走掉了。

虞因邊想著該不會是他們長得太老實邊讓開位置，讓聿去處理電腦，自己則蹲下來打量房間，牆壁和衣櫃上貼著幾張男星的海報，不過沒有其他追星物品。沒看出有其他問題，他便站起身靠到書桌旁邊，電腦也正好拖拖拉拉到了開機畫面，主機還要死不死地發出一個喘氣聲響，等等直接跳藍畫面他都不覺得奇怪。

「你去旁邊。」聿看了眼杵在身邊的大型物體，淡淡地開口，接著拿出手機撥了視訊電話，很快就被接通，畫面出現的居然是還在工作室的東風，對方也在電腦前面。

虞因乖乖地走到不擋路的另一邊，看他弟擺好手機。「你們是早就串通好了吧。」東風很明顯就在等這通電話啊，還在電腦前面坐好，根本是等著接手要遠端連線控制。這麼一來就知道聿剛剛的舉動也是預謀的，他就在奇怪爲啥出門還隨身攜帶大爸的名片。

「這年紀的小孩，電腦十之八九都是劇毒，更別說是小女生了。」電話那邊的東風嘖了聲，「不這樣處理你是想等多久。」

好吧，光看這開機狀況也可以知道這台電腦除了有點年紀還不少病毒，虞因只好乖乖地閉嘴，看著兩個小的快速整理起別人家的電腦。

閒著沒事幹，他只好繼續多逛幾圈房間，看看有沒有什麼疏漏的地方。

「你身上那是什麼？」

「嗄？」虞因回過身，有點意外視訊另端的東風居然提出這問題，他就不覺得手機畫面很小嗎？不過虞因忍住了這個問話，以免又被當笨蛋，他乖乖地檢查身上，這才發現上衣右下衣襬處黏了一根黑色的小東西。「啊，啥時黏到的？」

小心翼翼取下刺刺的小黑點，虞因拿到手機前面。「鬼針草吧。」

「房間裡面黏到的？」東風瞇起眼，似乎在試圖看清楚畫面上的東西。

「應該不……欸等等，應該是。」虞因本來想說不是，不過反射性看了眼剛剛自己蹲的位置，才發現地上還有兩、三個一樣的小黑針。「可能江雪穎身上弄掉的吧，她離家出走前八成沒清房間。」

「嗯。」東風隨便應了聲，又繼續埋頭處理遠端連線了。

江雪穎的電腦就如他們想像中的一樣，因為下載過不少東西，加上網路安全意識薄弱，沒裝什麼防毒軟體，所以各種亂七八糟的病毒遊走，真虧她還能使用這台電腦，特別是他們很快就發現還灌著個連線遊戲時，更加覺得女孩毅力不凡。

又過了半天，東風和聿才給出定論。「電腦近期有被大刪過，我們儘可能恢復一些被解除的安裝，發現被刪的是通訊程式和一些網頁捷徑。」

虞因靠過去，看著桌面上被復原的程式，這個他認得，是打遊戲用的語音軟體，之前阿關找他打電動也是裝一樣的東西，可以直接聊天也可以打字，還可以直播。

幸好江雪穎原先設定的是懶人自動登入，所以他們不用另外猜密碼，馬上就從裡面找出一大堆對話。

「時間不早了，我們先把對話備份，你們別待太久，沒事就快離開。」

被東風一提醒，虞因才發現他們在別人家已經待了三個小時之久。匆匆弄好離開時，正好在樓下遇見在做手工的婦人，大概是因為知道他們在使用電腦，婦人也沒多說什麼，只問了幾句狀況，隨後不免關切一下，希望他們如果有發現什麼記得通知她。

從江家離開並婉拒婦人邀請晚餐時，天色已經全黑了，虞因後知後覺地發現肚子很餓。今天一連串事件下來沒吃什麼，連帶地聿也跟他一起餓肚子，而縮在工作室那隻沒人管，八成也是放給他自然餓扁狀態。

叫了外送給三人買一頓大餐，回到工作室正好趕上熱騰騰的餐食送到門口。提著大包小包進門，果然看見東風還在電腦前，手邊連個水杯都沒有，種棵仙人掌搞不好都比他喝更多水。

把工作室外頭的鐵門鎖上表示休息，再次走回屋裡，聿已經將晚餐鋪開一桌子。虞因肉痛地叫了比較貴的美式餐廳，肋排與義大利麵分量比一般大很多，連整份的胡蘿蔔蛋糕看起來都能讓人很撐。

「你們在外面這段時間我已經看完近期對話記錄了。」東風走過來，將手上的平板放到吧台桌上，螢幕呈現整排密密麻麻的文字，不少都被標記起來，特別列出的幾乎全都來自同一個語音房間。「對方應該是用麥克風，大多都是江雪穎在打字，乍看下有點像自言自語，對方只偶爾才會穿插幾個字。」

虞因接過盤子，端好讓聿把一大塊肉放到盤子上，然後盯著平板。那個語音房間名稱滿隨便的，叫作「想說話再說」，和江雪穎聊天的ＩＤ則是「汪三聲」。對話內容其實很普通，全都是在詢問遊戲上的問題，偶爾會抱怨一些生活瑣事，例如「樓下又有垃圾在吵了、好想換鎖把人渣關在外面」。

這麼一看，虞因就知道這不是江雪穎主要的交友軟體了，雖然寥寥幾句抱怨了家庭，不過肯定有另一個日常生活用的，在那裡面才有更核心的對話。

「另一個要等等，還在整理，幸好她有安裝電腦版，所以你晚一點可以看到聊天內容。」東風皺眉看著面前的小盤子，打從心裡覺得堆在上面的東西多了點，所以他用叉子把過多的肉排推到隔壁盤子裡，然後小心翼翼地捲起義大利麵條。「我們沒關江雪穎的主機，只關螢幕，看她房間沒人進出的狀況，她家人應該暫時不會發現電腦還開著。」

「說眞的，如果哪天你們想劫機，搞不好可以辦到吧。」虞因嚼著肉，很眞誠地發出內心疑問，接著慘遭兩雙冷淡的眼睛用鄙視的神情往他掃過去。

「鬼針草。」安靜吃飯的聿突然彎過身，從虞因身上又拿下兩顆黑色小種籽。

「欸？她房間也掉太多。」虞因拉起背面的衣服，果然看見還有零散兩、三個。

「都在同個地方黏的嗎？」東風接過那幾個小東西。

「不知道，你們在忙的時候我在房間轉了好幾次，沒注意在哪裡黏上的。」虞因聳聳肩，繼續閱讀那些對話。

最快吃飽的東風很快又縮回電腦前，接著是端著一大盤蛋糕坐過去的聿，不想被當成障礙物的虞因乖乖地收拾善後兼洗盤子。

沒多久收到了虞佟傳的訊息，勒索他們的傢伙算是撿回一條命，不過人還在昏迷觀察，他和虞夏會晚點回去，交代了幾句要他們三個乖乖吃飽睡覺。

入夜回家前，聿兩人終於把對話整理出來。

江雪穎主要聊天對象除了學校的幾個同學外，就是遊戲或聊天室認識的兩、三個朋友，其中那個「汪三聲」聊得最多，從遊戲到日常生活全都聊，而且在聊天過程中，即使是遲鈍的虞因也注意到意外之處了。

「這個汪汪住在她家附近？」在看到第四次「謝謝今天帶我去吃晚飯，我們附近果然是×××好吃」之類的留言後，虞因不自覺訝異地開口。

「對，很可能你們有經過他家。」東風看著兩人從對話中整理出來的路名、店名，與江雪穎家附近的地圖做了比對，大部分都在五至十分鐘車程之內，有的甚至步行一會兒就能到。「對方是個男的，上班族，他們兩個聊過生日，如果他沒說謊，就是二十六歲，普通的行政職員，打遊戲認識的，不過不是男女朋友關係，看來還經常一起餵養附近的狗。」

「說到狗……」虞因實在是不想認爲那麼巧合，但最近和狗有關、把他帶到那邊的狗正好他就知道一隻，而且也死了。

「呵，我可以直接讓你看狗的樣子，江雪穎拍了不少狗照片。」東風點開對話裡近期的狗照片。「可惜沒有聊天對象的照片，對方不喜歡拍照，只有她的自拍。」

看見白柴的那秒，虞因不自覺地腦袋痛起來。難怪狗會死在那麼奇怪的地方，如果江雪穎兩人經常餵養跑到那邊的白柴，那白柴的確也會習慣往那條路上跑，可能他們都沒想到白柴最終會在離家遠處死得那麼慘。

狗照片的對話後頭內容是江雪穎抱怨了幾句男友的事，從這邊能夠明顯看出江雪穎情緒不好，而汪三聲也對那名男友抱持著惡評，多次勸說少女快點分手。

後頭的對話則有好幾次是用語音電話，無法得知內容。

不對勁的地方就從這裡開始，之後的對話全都被刪除了，不知道後續。

「更怪的是有好幾個人的對話記錄也全部被刪，但只有這個汪三聲是被刪後面幾天……直到江雪穎離家出走那天，中間的全都沒了。」東風停頓了半晌，繼續說道：「唯獨他是這樣，比起其他被刪乾淨的，反而有點可疑。」

「……該不會是情殺吧。」虞因腦袋裡突然迸出各種情殺凶案，聯想到有可能是江雪穎這位「鄰居」對她有好感，示愛不成反遭到毒手之類的。

「對話上看起來，這人應該不是衝動派，而且也看不出有什麼戀愛的情愫。不過網路上的文字可以偽裝，說不定本人是完全相反的類型。」東風伸展幾秒痠痛的手腳，蒼白的皮膚上還有白天對峙時留下的瘀青，看起來相當突兀。「總之，你們先回去休息吧，明天就知道這個人是誰了。」

「咦？你查到了？」虞因很訝異。

接著他又被兩個小的白眼以對。

「都知道幾家店名和附近的地緣關係了，你拿江雪穎照片去問一下，就知道誰常帶她去吃飯了啊，笨蛋。」

「呃……」

他怎麼就沒想到這點呢！

□

翌日，虞因在一上午的努力後，果然查到了另一名白柴餵養人的名字。

「莊政豪，二十六歲，的確就住在江雪穎家附近。」虞因謝過告訴他的餐廳老闆，隨便點了些外帶點心後，就在後面照片牆上尋找老闆指引的區塊，很快地在上面找到男子與江雪穎的合照，拍立得相紙上寫著十六歲生日慶祝。他拍下照片後回傳給手機另外一端的東風。

「我還眞的有經過他家，就在狗死的位置旁邊兩、三間而已。」

後頭的聿盯著相片牆，立即又在旁邊找到另一張慶祝十七歲生日的照片。這家店因爲有提供生日五折的優惠，老闆會幫客人拍下當天歡慶的照片，一張讓客人留言貼在牆上作紀念，一張給客人帶回，所以整面牆有著上千張的相片留念。

來的時候已經先在網路上查過，這家店確實就是這個社區附近小有名氣的平價店家，平日用餐時間幾乎滿座，江雪穎聊天時提到好吃的也是這裡。

「小雪她家的事情其實我們這一帶都知道點。」還沒到用餐時間，閒著的老闆從櫃台後方走出來聊道：「沒想到他們這麼久沒來用餐是因爲離家出走。其實也滿無奈的，小女生家裡因爲那個爸爸欠債不得安寧，我們這些開店的可以幫的忙也有限，而且如果和他們家有點關係，她父親就會去找人家借……借是好聽點，我們這邊也被他強硬白吃白喝過，很無賴，又不想報警讓小雪難堪。」

「不過她看起來滿常來的。」虞因接過對方端來給他們的茶水，禮貌地道謝後才一起在旁邊的空位坐下。

「小雪第一次來是因爲她生日，那年十四歲，她爸當天在外面賭輸欠了十萬，對方堵到他們家去，她不敢回家又沒帶錢，站在店外很久，我叫她進來都不敢，後來是因爲阿豪。」中年男老闆看了眼牆上的照片，笑著搖搖頭。「阿豪也常來，聽說兩個是遊戲上認識的，實在有夠巧，正好就住在附近，不過那時候也才認識一個禮拜，接到小女生的電話他就跑過來，還掏錢請她吃飯，這兩年只要生日，阿豪一定都會帶小雪來慶生，還特別請我們幫忙訂蛋糕。」

「所以他們是情侶？」虞因問道。

「不是，怎麼看都像哥哥帶妹妹，完全沒有曖昧關係。」老闆連忙說：「他們在我們店裡吃飯時都很客氣，完全沒有情侶的樣子，這點我可以保證。」

「江雪穎有男朋友嗎？」

「這就不知道了，沒看過她和別人來，一直都是他們兩個，或是阿豪單獨來吃飯。」停頓了下，老闆右手手指敲了敲桌面，若有所思地看著虞因兩人。「平常如果是別人來問，我是不會說這些，畢竟是別人的隱私。」

「喔，我也很奇怪老闆你怎麼這麼熱心。」事實上，虞因早上還先去過兩、三家店，不管問什麼對方都推說不知道，而且還露出對陌生人的警戒神色，可能把他當成外來的怪人，倒是這家店的老闆一聽到他問江雪穎，立刻直接告訴他照片的位置，還把莊政豪的住所告訴他們，相當奇怪。

「不管你信不信，昨天我們關店在整理時，小雪他們的照片全都從牆壁上掉下來。對，就是你現在看到的那幾張，只有他們的，莫名其妙全都掉了。後來我們重新黏上去，結果今天一早開店時又通通掉下來，一樣都是他們的，現在你看見的是我們又重新貼上去的。」老闆停頓幾秒，不太確定地壓低語氣：「我和我老婆今天總覺得眼皮跳個不停，結果你們就來問小雪的事……我是希望她不要出事，剛剛你點餐時我老婆也用你的名片打電話去查過，確定有這間工作室和人，我想你們應該不是來惡作劇的。」

「確實不是。」虞因想了想，回答對方：「因爲某些原因我們得找江雪穎確認，不過不是對她不利，這點你可以放心。」

「好，那你如果找到她，確認過她的安全再告訴我們，好讓我們可以安心，謝謝啦。」老闆豪爽地笑幾聲，又拍拍虞因的肩膀，就站起來去招呼剛進門的客人了。

見老闆忙碌起來，虞因站起身，拿著手機：「你剛有聽到了吧，大概就是這樣。」

手機那邊還沒開口，聿突然推了他一把。「兩個人。」

「什麼？」虞因沒反應過來。

電話那端的人傳來聲音：「老闆不是說『他們』這麼久沒來用餐，兩個人都不見了。」

這瞬間，虞因覺得全身雞皮疙瘩好像都冒起來。他詢問時只把重心放在江雪穎身上，沒注意到老闆說的是兩個人都沒來，這表示莊政豪在江雪穎失蹤後就沒來了，是因爲他不用帶少女來了嗎？

憂心忡忡地拎著外帶餐盒走出店面，虞因下意識回過頭，那瞬間看見灰暗的身影輪廓站在餐廳外，同樣肢體錯位的奇怪站姿貼著餐廳玻璃，給人一種正在凝望店內的錯覺。

滴滴……

黑影似乎感受到視線，緩緩地轉過詭異的身體，像是被折斷的手腳晃了兩下，身體傾向一邊，腐朽的氣味隨著風慢慢散逸，而玻璃窗另一端的店內客人一點也感受不到，很開心地拿著手機拍攝滿桌熱騰騰的美食。

「欸等等，祢……」

黑影嗖地下，瞬間消失。

「怎麼了？」聿回過身，疑惑地盯著還留在原地的人。

「我本來以為可能是燒炭類的，但現在看說不定不是，祂……」虞因話還沒說完，一陣鈴響先打斷交談，上頭顯示的號碼讓他有點頭痛。「嚴大哥？」

手機另端一如往常傳來戲謔的語氣：「被圍毆的同學，你們破關進度到哪裡啦？」

「才在新手村啦。」虞因無奈地開口：「有事嗎？我在外面。」

「你爸傳來那照片啊，不是燙傷，是燒傷，我可以跟你說是活著就燒到了，所以你現在才活蹦亂跳，那有預定死亡時間嗎？」

「目前沒有謝謝。」沒好氣地回答對方不正經的話，虞因和聿一邊往摩托車的方向走。

「嚴大哥你看得出來是怎麼燒傷的嗎？」如果燒炭的話也是有可能燒到自己，有些人意識模糊或完全昏迷時可能不小心碰到炭爐或烤肉架。

「你怎麼不問問你自己……開玩笑的，雖然傷口很小不過有可能是木炭，細細碎碎的範圍不大，在那個位置比較像不小心壓到。」

「啊，爬起來時壓到那種感覺對吧。」因爲是在內側，虞因比劃了下，如果是意識不清，想從某個地方爬起來或掙扎的姿勢，說不定就會壓在那個部位。

「搞不好喔，所以找到屍體了嗎？」嚴司有點興致勃勃地問。

「目前還沒，可是我有另個問題，就……」

□

「如何？」

看著放下手機的友人，坐在辦公桌另外一端的黎子泓停下手上閱讀卷宗的動作。

「嗯……台灣奇案。」嚴司聳聳肩，不意外地收到對方投射過來的白眼，有點好笑地看著他永遠也輕鬆不起來的前室友。年紀輕輕整天在那邊心事沉重，再給他幾年還得了，果然還是需要個活潑的好朋友幫他調劑身心。「沒證據也沒辦法去辦啊。不過被圍毆的同學給的狀況倒是滿有趣的，他說那位阿飄小姐可能手腳骨折。」

「手腳都是嗎？」黎子泓思索著，如果要造成這種傷害，不算上人爲打斷手腳，就有可能是外力撞擊，墜樓、車禍都是選項。

「身體好像也有點錯位，可是只有影子，所以我們的地獄靈媒也沒辦法提供更多線索。」嚴司舒舒服服地往小沙發一靠。「加上身體，我覺得是外力撞擊，不是人打的。下次應該要叫被圍毆的同學畫個示意圖，我們才能知道肢體扭左邊還是扭右邊。」

「我查閱過江家的狀況，江勇忠本身犯的全都是小奸小惡的案子，多半是白吃白喝或借個幾百，有時裝傻不還，鄰里也都不追究居多，當年作保因親屬代爲還清，沒其他爭議。除了江勇忠在外面好賭欠債，江家沒有非要置他們於死的仇敵。」而且通常那些賭博追債的也不一定要他們死，畢竟活著才可以榨出錢，除非眞的弄不出油水，才會改用其他方式。稍早已請人幫忙調來記錄的黎子泓淡淡說：「江雪穎本身時常逃家，乍看離家出走也是對家庭不滿的因素造成。社工雖然介入幾次想協助江家，但卻因爲一家人不配合，所以成效有限。」

「爲什麼一家人不配合啊？」嚴司把玩著手機。「喔對了，今年社工的人手和經費還是很拮据，我很好奇政府有沒想過要重罰那些浪費社會資源的人，然後把部分罰款拿去聘雇武林高手，保護社工遇到人渣時不被打啊，喔還可以把一些暴力分子打成豬頭，一舉兩得。」

本來以為對方是要說把錢發給社工單位補充不足，沒想到這傢伙還是說歪了。黎子泓無言地搖頭，不打算評論後面那一段。「江勇忠先不說，妻子周秀美是典型的忍耐型主婦，認為家庭要圓滿才能和樂，小兒子江彥穎因為身體疾病跟著媽媽接受照顧，長女江雪穎似乎很排斥社工，幾次都蹺掉與社工的約，問話時閃爍其詞，讓應對的人也很頭痛。」

「為啥？她這年紀可以知道社工是在幫她吧。」

「原因是江雪穎認為江勇忠才是該遠離這個家庭的人，而不是他們，所以對於不能處理掉父親的社工也抱持敵意。」

「房子是誰的名字？」

「江勇忠。」

「啊，那我支持幹掉他繼承遺產。」

「……」

黎子泓默默地低下頭，繼續翻看手上的紙張。

「你不覺得很奇妙嗎。」嚴司躺回沙發，歪過腦袋看認真工作的友人。

「什麼？」

「同住在一個屋簷下的一家人完全不知道親人在做什麼、有哪些朋友，離開家門後去哪裡找都不知道，事後才哭著求社會幫忙，不覺得又奇妙又可悲嗎。」蒼白日光燈照映下，嚴司對抬起頭、臉色因增加工作而略顯疲憊、看起來老了三歲的朋友說：「有血緣的陌生人，滿街都是。隨之而來的是各方的質疑，到底是誰在哪方面做錯造成這種後果……對吧。」

「沒有誰，每件事的發生都是共具責任的，通常人們會將問題完全歸咎於一方，只是下意識想規避責任，明明知道些什麼卻不願意說出，或是連自己都催眠自己應該忘記，繼續保持成爲『正確』的那方。」黎子泓停頓了半晌，繼續說道：「針對江勇忠的恐嚇事件，已經請虞佟去找周秀美好好『談談』，有時孩子排斥救援不一定出自於憎恨父親，而是母親。」

希望一家圓滿而忍氣吞聲，幼子生病又操勞，且向被煩透的鄰居們拉下面子懇求借錢，這種母親說不知道女兒所有的事情，他抱持懷疑。

「另外請虞夏警官去找當時承辦殺狗案事件的員警了，釐清記錄上寫當天晚上『正巧』巷內兩支監視器的記錄都損壞無法調閱是否屬實，我對於這類的『巧合』一向都很好奇。」

「莊政豪已經很久沒回來了。」

看著鐵門另一端面無表情的婦人，虞因再次覺得頭痛起來。對方外表看起來近五十的年紀，近期染過色的頭髮黑得有些不太自然，比他矮個頭，有些圓的輪廓和眼角下垂的大眾臉形，是路邊隨處可見的那種普通母親。來應門時原本掛著淡淡的微笑，但聽見名字之後馬上就板起臉，似乎很不想回答。

「他出門永遠不會和家人說，我們不清楚他什麼時候出去的，應該一個多月前吧，發現時他人已經不在房裡，打工的地方也說他曠工，就把他炒了。」可能是因爲眼前的大男生沒什麼威脅，婦人看了眼手上的名片，問道：「你們也是他那個什麼網路的朋友嗎？」

「呃對，有其他人來找過他嗎？」對方會這樣問，虞因覺得大概還有其他網友來過。

「一個多月前，一樣有個也說是他網友的人來過，我們不知道他網路上有什麼朋友，他已經三、四年沒和家人講過話了，這個家他只會待在自己的房間裡，上班就經過走廊出門，下班就經過走廊回房，吃的喝的也都是他自己買回來在房裡吃，彷彿全家都是他仇人，遊戲裡的是他親人。」婦人冷笑了聲，看了眼虞因遞給她的名片，上面寫著正經的工作室和職稱，臉色才緩和些。「他最離譜的是前兩年有次和網友去旅遊，快一個月吧，全家人找瘋了，還以爲他在外面怎麼了，後來才知道他在國外，你覺得我們現在會知道他在哪裡嗎？」

「這狀況很常發生嗎？」虞因思考了下，看來莊政豪還是對江雪穎隱瞞了眞正的職業，他不是行政職員，只是普通的打工族。於是接著問：「我不知道他平常是這樣，爲什麼從三、四年前開始？」

「上次那個網路認識的朋友也說他在遊戲裡面人很好，還很會聊天什麼的……對啦他很會聊，我們家裡的人經過他房間都可以聽見他和網路上的人聊個不停。」婦人環起手，用著對討論自己兒子而言有些過於冷漠的口吻說：「三、四年前，他剛畢業求職，可能是我們做父母的擔心，每天問他狀況，他覺得我們又吵又煩，畢業之後就不應該管他，他爸看他在那邊混日子難免會唸幾句，有時候兩父子看電視都會看到吵起來，最後一次好像是對著他爸說你們就是見識低，老人就該閉嘴別干涉年輕人，以後不要來煩我，父子就開始冷戰了。」

「沒多久，好像全家都對不起他，一家人都被當成隱形人，他妹有次還看見他PO文告訴他那些朋友，反正他自己賺錢自己花，沒欠其他人……呵呵……」

「他怎麼沒搬出去租屋？」虞因很下意識地來了一句。

「租屋貴吧，反正他也沒提要出去，做父母的怎麼可能把他趕出去。」婦人搖搖頭，無奈地嘆口氣：「我丈夫和女兒也都有工作，不差幫他繳那個水電費，不出去就不出去吧，至少知道他沒死在外面什麼地方。」

「所以你們沒報警？」

「沒，他玩夠就會回來了，每次都這樣。」婦人想想，多說了句：「這次也差不多吧，你們網友自己去問問其他人就好了，我們一家人對他而言，就是你們說的NPC。」

看來這邊似乎是另一種親人疏離，虞因與聿對看了眼，考慮幾秒後開口：「阿姨，你們還關心莊政豪嗎？」

婦人怔住，帶有戒心的臉像是某一塊肌肉融了，緊緊揪結在一起的僵硬皺摺緩緩地分層垮下，繃緊且防衛的表情隨之放鬆。然後她說：「都是自己的小孩，怎麼可能不關心……怎麼可能……也就一句話的事情，沒有人要先低頭。」

氣氛霎時變得相當凝重，虞因也沒有立即接續對話，而是等對方情緒比較緩和一點。

過了一會兒，婦人才幽幽地開口：「平常他在做什麼我們雖然不太清楚，不過可以看見他和外面路上那個江家小女生走很近，晚上七、八點時他也常常在我們家外面餵狗……我這個當媽媽的就只知道這些。」

「前陣子被打死的狗嗎？」虞因問道。

「對啊，不知道哪個夭壽骨把那隻狗打死了，狗主人被通知過來時哭很慘，也不知道怎麼跑來的，可能餵著餵著狗就習慣來這裡吃東西，有時候我也會拿點剩的肉和骨頭給牠。」婦人露出同情的神色。「我第一次看到就知道是有人養的，照顧得很好，也有項圈。」

「那你和江家小女生認識嗎？」

「我們這邊全都知道他們家的事情啊，厝邊頭尾住那麼多年。我先生警告過兒子不要和那戶人家走太近，因爲很麻煩，剛開始那個垃圾人因爲我兒子帶他女兒去吃飯還來警告我們，要求什麼遮羞費……呵，又沒上床。」下意識往路口方向瞟了眼，婦人不以爲然說：「後來叫了幾次警察他才不敢來，就是條俗仔。」

虞因思索了下，還是冒險探問：「其實我有遇到前面幾戶人家，他們說江家的小女生有在那邊打工過，是莊政豪幫忙的？」如果因爲帶江雪穎吃飯有被騷擾過，那江雪穎打工顧小孩的地方恐怕也被騷擾過了。

問到這問題，婦人眼中果然閃過一絲戒備，大概不知道爲什麼陌生人會問到這種程度，不過還是有些八卦地回答。「喔，那家的丈夫做黑的，所以江家那個垃圾不敢碰他們。老婆人是滿好的，知道小女生狀況就讓她去賺點零用錢，平常也會借點小錢給她媽媽買菜吃飯。」

「原來如此，那如果有莊政豪的消息，再麻煩阿姨跟我說一聲了。」再問下去對方大概就會覺得不對勁了，虞因雖然很想去莊政豪房間看看，不過看起來今天應該很難進去。

揮別婦人後，虞因和聿往停摩托車的地方走，邊整理剛剛聽來的訊息。

汪。

回過頭，血肉模糊的白柴坐在路口，突出的眼珠子盯著他看。

□

「江雪穎的母親確實有隱情。」

午後，拜訪完江家離開，虞佟回到車裡，撥了通電話給黎子泓說明：「當年江勇忠因作保揹上債務，爲了不讓小孩生活在討債的陰影下，周秀美去求雙方父母幫忙，但周秀美原生家庭的家境本來就不富裕，能拿出的有限；所以主要償還債務的其實是江勇忠的父母。據說當時他們對走投無路的周秀美提出了不得離婚的條件，這才造成周秀美至今還帶著小孩留在江家的現況。也因此，周秀美的父親氣得與她斷絕父女關係，她認為自己沒有退路，好歹這裡有房子可以遮風避雨，更不敢隨意離開。」

「哇靠這邏輯在哪裡，不是他們兒子嗎？」

聽見意外打岔的聲音，虞佟挑起眉：「阿司你怎麼又在偷懶？」

「我剛好休息來吃午飯啊。」嚴司非常自然地回應，完全不認為自己出現在別人的辦公室有什麼問題。「所以江家這麼扯的原因是什麼？」

「嗯……當年江勇忠打算結婚後留在家裡幫忙事業，他們家在當地有工廠，江勇忠的父親要他從底層開始學習做起，但周秀美執意婚後不要住在婆家，認為江家不給高層職位、要兒子做基層，是糟蹋他們夫妻，最後說動江勇忠搬出來在外縣市自行創業，江家氣得與江勇忠斷絕父子關係。江勇忠創業初始還算有聲有色，在這裡買了房，不久就遭到生意上認識的夥伴作保詐騙了。」虞佟翻了下自己的筆記，回憶著不久前的交談，接著說：「我已經去電詢問過江勇忠的父母，他們認為當年江勇忠是被周秀美拐跑的，兩人離開時江勇忠的母親其實怕兒子吃苦，檯面上給了三百萬，私下又多塞一百萬讓他創業。在他們看來，當年兒子被拐跑後，雖然作保是他，但被騙不是他所願，所以他們不接受『拐他走的女人』一發生事情就想藉口離婚，才要周秀美答應這個條件。」

「另外也問過幾名他們夫妻以前的朋友與附近鄰居，聽說有時候夫妻吵架，江勇忠會怒罵當年不該聽妳亂說之類的話，後來因爲拉不下臉，所以完全不回去老家，借錢一事全都是周秀美自己張羅……我在想，江勇忠如今的行爲，或許多多少少有些報復心態在。」當年如果留在家裡工廠從基層做起，現在應該也已經可以晉升管理階層，說不定一家還是相當和樂美滿。

虞佟或多或少理解江家走到今天地步的部分原因，但這些並不能成爲理所當然犯罪與墮落的理由，更別說禍延到孩子們的身上。況且當年江勇忠本身也如此決定，即使妻子眞有煽風點火，他依然還是得自己負責後果。

「欸？等等，老大在群組要大家開視訊。」號稱在吃午餐的某法醫再一次打岔，還伴隨著咀嚼食物的聲音。

虞佟不會刻意去吐槽對方的某些行爲，他先掛斷電話，然後打開群組，果然看見自己兄弟的連結請求，迅速打開畫面後，黎子泓那邊的兩人已經上線，另一個就是去找監視畫面的虞夏。

「狗被打死那晚的監視畫面確實沒了，我已經叫小伍去追相關人看是什麼狀況，等等要詢問周邊住戶與狗主人，當時因爲狗主人報案的關係，說不定還有留存民宅私人監視器的畫面。」虞夏的臉出現在另端，手持手機的關係所以畫面有點晃動，後面是正在操作的螢幕。「要你們看的主要是這個。」

那是一段巷內監視器的影像，時間顯示是今日接近中午的時間。「我在確認監視器到底有沒有像他們說的『不時會故障』時看見的。」虞夏補上這句。

畫面上可以很清楚看見他們都認識的某小混蛋牽著車正要離開的身影，然後聿跳上後座，兩人很快離開，顯然虞佟去探查時正好與他們家的小孩擦身而過。接著數秒後，監視畫面閃爍了下，眨眼瞬間似乎有道黑色身影平空出現在無人的道路上，接著又消失。

虞夏把那個快到會讓人以爲是錯覺的閃爍畫面定格後，在這連一秒都不到的扭曲影像中，出現了纖細的身影。

群組的嚴司一看到這黑影，馬上就想到虞因描述過的「身體錯位」的女孩。

雖然只有個黑色輪廓，不過已看得出影子的身體側歪一邊，似乎沒什麼支撐力量，兩隻腳跛向不太一樣的方向，半抬起的手下垂掛著，彷彿整個人是被看不見的手扯在空中，呈現詭異的姿勢。

幾個人不約而同靜默，過了一會兒，虞佟才打破安靜：「這就是阿因看見的『江雪穎』嗎？」

顯然應該就是祂沒錯了。

「我打了阿因那傢伙的電話，是不通的，小聿也一樣，現在正在追蹤他們之前經過的路線。」因爲要調畫面，虞夏剛剛還被不熟的員警詢問是在找通緝犯嗎，讓他開始對某「通緝犯」硬起拳頭。

「找到方向再告訴我，說不定這邊過去比較快……嗯？」虞佟抬起頭，凝視著從剛剛開始就注意到的機車騎士。約莫二十出頭，看起來像個大學生一樣的男性，騎著機車從巷尾方向又兜回來，車速放得很慢，像在找什麼似地探頭探腦，所以行進路線整個歪七扭八。「我離開一下，這邊先關。」

離開車，虞佟直接一個箭步擋在機車騎士前方，男子注意力原本就在其他地方，沒預料到有人會突然衝出來，被嚇了一大跳差點連人帶車摔倒，急忙踩地穩住車身。

「幹你……」

「我是警察，請問你是這附近的居民嗎？」虞佟出示證件，男子原本要出口的髒話直接吞回喉嚨裡，且明顯瞳孔劇烈收縮，似乎因爲他的身分二度受驚，整個人極度緊繃。「你這樣騎車很危險，身分證借我看一下。」

「我、我不是……我路過……」結結巴巴地取出身分證，男子目光閃爍地縮起肩膀。

虞佟看了身分證，對方果然才二十歲，身高並不高，約莫一百六近七左右，臉和身體的皮膚相當黝黑，似乎長期待在太陽底下的環境，雙手粗糙且寬，有著許多硬繭，長著一張沒什麼特點的平板方臉，但驚慌不安的飄移視線很容易讓人留下印象。查問了幾句，對方回應沒讀大學，只說平常和朋友一起打零工。「既然你不是這邊的住戶，爲什麼要來來回回的，有認識的人住這裡嗎？」

「有、不……沒有。」男子——王偉民似乎很想在警察面前消失一般緊縮著身體，小心翼翼地接回身分證，語氣不穩地回答：「我、我前幾天路過、路過的時候不小心手機掉了，想回來找看看……」

「你可以去失物招領公告看看，前幾天掉的話現在不可能找得到，這邊深夜會有清潔隊經過，通常有失物也會被撿走。」覺得對方的反應實在很像做賊心虛的樣子，虞佟不由得多看了幾眼，把這張臉給記住。

「好，沒事的話我先、先走了，等等要工作。」

活像被貓放走的老鼠，王偉民就這樣連滾帶爬地跳上機車跑了。

盯著對方的背影半晌，虞佟順手將對方的車牌拍張照，打算有空查找看看，可能是自己多心，然而這人的神態舉止簡直就只像沒有明說他要去當小偷而已，有一股濃濃做了虧心事的氣息。

再次打開群組，多方視訊已經結束，看來大家也各自回到工作上，倒是下面多了條訊息，是玖深發上去的，詢問剛剛爲什麼有視訊要求，他剛好在忙沒注意到。

接著下方被嚴司回了一張「不要問很可怕」的貼圖。

玖深就用「……」結束這回合。

□

「你有覺得天色好像變得很暗嗎？」

離開莊江兩家所在的社區後，虞因一路跟著白柴走走停停，經過了一小段時間，他才突然發現天空越來越昏暗，像是下雷陣雨前的樣子，連雲層都漸漸被壓低，還颳了點風。

後座的聿丟來冷冷的話：「路還變荒涼了。」

「呃……」確實路越來越荒涼，虞因之前沒來過這個區域，不過從那個社區出來後會有個商圈，應該不至於騎個十分鐘左右的車就騎進荒郊野嶺吧。追著狗不經意間，他好像騎到什麼產業道路上，兩邊都是土坡，長滿了雜草樹木。

停下車、環顧四周環境，完全看不出身在何處，打開手機想要確認位置，才發現這裡竟然沒有訊號。

「汪。」

染血的白柴看他們停下來，站在不遠處發聲催促。

「小聿你在……」

「繼續走。」聿沒打算在原地等待，說話的語氣變得比駕駛還強硬。

虞因也沒辦法了，他隱隱覺得前面大概沒什麼好事，本來想讓聿留在路口，自己進去探查狀況。

停車集中精神後，他發現這條雜草叢生的道路近期應該曾有人出入，地上的砂土與乾涸的泥濘上有些車痕，大多是機車的痕跡，但也可以看出有車子胎痕。而如果他都注意到了，後座的聿八成比他更早發現，所以態度才轉硬吧。

往前又騎了一小段時間，道路變寬不少，可以容納兩台車雙向通行，比較遠的地方可以看見一、兩處廢棄的鐵皮工寮，可能以前這邊有人種果樹還是其他作物，工寮小小的，久未保養已變得四面透風，只剩個骨架，裡頭滿地垃圾雜草。工寮附近有大片芒草，再往前一段距離，地勢陡然往下，走在其中若沒注意，八成會因此滾出去。

沿著拓寬的道路持續前進，最後他們來到一處廢棄的鐵皮工廠前，這個工廠與前頭工寮的規模完全是兩回事，當初建造時大概是要容納大型機台，雖然現在已經破敗了，不過仍然看得出佔地非常廣，從遠處望進去，裡頭漆黑一片、看不出有什麼，還完好的工廠牆壁上有著各式各樣的噴漆畫，感覺像是飆車族和不良少年搞事的典型據點。

工廠再過去則是幾乎垂直的陡坡死路，只有條小道接到下方好像洗手台還是什麼小房間的地方。

很快他們就發現爲什麼這裡會有一堆人來過的痕跡，停好車轉到工廠側面，便可發現此處居然能很清楚地看見山下，晚上來會有一大片夜景可賞，幾乎算是那種沒人知道的祕密觀景台，只是上來的路眞他媽恐怖，整條路完全沒有路燈，環保得毫無光害。

虞因盯著鐵皮破洞看向深黑色的屋內，緩緩吸口氣，硬著頭皮、做好心理準備的同時，身邊突然一亮，他轉過頭看見聿轉開手電筒，刺眼的白色光芒直接像刀一樣插進黑暗當中。

……都已經升級成強光手電筒了啊。

虞因開始羞愧地覺得自己應該要弄個小探照燈當常備，放在摩托車裡。

踏進廠房，聿又從背包裡掏出根條狀物，凹折後搖兩下丟到旁邊，虞因才發現那是螢光棒，他伸手翻了下對方的背包，發現裡面有一整把的螢光棒和瑞士刀、一小包急救包和水。

「你該不會其實平常有兩種背包，一個是你自己出門時候用的，一個是跟我出門時用的吧？」爲什麼這個背包看起來這麼像野地求生必備款呢！就差一個沒乾糧了啊喂！虞因抽了幾根螢光棒一起丟到場內各處，四周總算有些亮度，勉強能看到四周環境。「跟我出門是世界末日嗎！」

聿回過頭，用一種好像在看半殘人士的冷漠眼神瞟了虞因一眼，不想解釋。

虞因覺得自己遭到嚴重鄙視，內心稍受創傷，正想抗議時突然看見聿的後方有道黑影一閃而逝，毫無聲響，丟在那邊地上的螢光棒好死不死還是綠色的，直接提高詭異程度。

「有東西嗎？」

耳邊傳來聿的問句，虞因還沒回答，一轉身猛然與一張鮮血淋漓的臉直接面對面，過於接近讓他瞬間無法分辨對方究竟是男是女，放大的灰白色臉上那雙充血的眼睛正對著他，沒有瞳孔的黑紅猛地貼到他臉上，然後擠進臉裡。

連驚嚇的時間都沒有，他只感覺陰冷穿過身體，腦門好像被什麼東西敲擊，痛點從太陽穴的位置炸開，蔓延到整個頭部。

虞因本能按住劇痛的頭，漸漸感覺喘不過氣，手臂燙傷的位置也跟著痛了起來。

黑暗的廠房逐漸明亮，漆黑的牆面上出現各式各樣螢光的小形狀，有無數螢光貼紙被貼在上頭散發著綠色光芒，接著不同的塗鴉顯現出來，似乎有人使用了夜光漆在上面作畫。

地板開始小幅度地震動。

他抬起頭，看到幾十個看不清面目的男男女女在各處蹦跳著，隨著音樂舞動身體，有的幾乎全裸，身上也塗了夜光塗料，整個軀體散發出宛如不同世界的光芒。

廢棄的幾架機台被推到中央，上面有幾個人在播放著音樂，強烈的鼓點敲擊著空氣，震盪瀰漫在其中的菸酒味與奇異藥味。

廠房另一側的送貨大門開啓著，幾輛車從那邊進來，恣意停在角落隨著音樂震動，車蓋上也有人體糾纏滾動。

「各位帥哥美女！我們這期野外打砲日等等還會有更多嘉賓蒞臨，大家喝酒吃肉不用客氣，漂亮的就上，有興趣的就幹，我們要爽翻到天亮！」

播放音樂的人拿擴音器喊著，聲音迴盪在廠房內，引起一陣叫好喧囂。

虞因在頭痛到不行中勉強四處張望，他沒看見應該要在身邊的聿，那些從他附近走過的男女也沒辦法辨別面孔，他突然有種強烈噁心且不想待在這個地方的感覺。

「跟我出去！」

有人一把抓住他的手腕，是個陌生男人，個頭和他差不多高，力氣不小，硬把他從廠房裡扯出去。

外面天色已完全染爲深黑，山區裡只剩這座工廠妖異地光芒四射，如同另個世界。

接著所有的光突然暗下，那些混雜的怪異氣味瞬間消失，取而代之的是一股濃濃煙味。

周遭黑得看不出狀況，但那股味道太嗆，讓人幾乎無法呼吸。

「汪！」

狗的聲音從遠處傳來。

虞因在原地掙扎了下，好不容易站起身，突然又一腳踩入草叢，而且是那種超高的雜草，快將他整個人淹沒在其中。

「汪汪！」

有些距離外的草叢傳來了小動物用爪子刨草根的聲音，窸窸窣窣地發出連串聲響，也讓他可以順著動靜跌跌撞撞地朝那方向移動。看不見的地面感覺很顛簸，根本已不是工廠那種平緩的地面，不時還會踢到大小石塊與被糾結纏繞的雜草絆倒，割人的葉片不斷在手臂與臉上留下刺痛感。

好不容易終於走到緩坡，撥開最後一團芒草時，他藉著手機的燈看見了白柴站在土石地上對著他吠叫。

「麻糬……」

有點筋疲力盡地半跪下來，毛毛的白柴將讓人疼愛的臉靠近他，嗚咽地舔了幾下，還可以嗅到狗狗身上淡淡的洗毛精香氣。

遠方傳來燈光的照明，看起來應該是車輛。

他踉蹌地站起身，走到路中間想要攔下車，刺眼的光越來越接近，他下意識抬起手半遮住眼睛，而在這一秒，車輛突然傳來加速的聲音……

5

滴……滴滴……

對不起……對不起……

腐朽的泥沼混著血腥的氣味充斥在鼻腔裡。

隱隱約約可以聽見遠處傳來吵雜的聲音，有很多人在喊叫，手電筒的光束在黑夜中不斷搖晃交疊。

「汪。」

小動物的舌頭在他臉頰上舔了幾下，像是想要他保持意識，小小的頭顱頂到他頭邊推動了幾下。

全身到處傳來劇痛，他稍微能感覺到自己壓倒了一大片芒草，然後在這下方居然是有水的，可能是在某個爛泥巴地還是池塘邊緣，半個身體泡到水邊，五指抓下去直接就是爛泥，還有某種蟲在手掌裡鑽動。

「嗚……」掙扎了好半晌，本來想要喊叫引起那些拿手電筒的人注意，不過喉嚨極痛外加暈眩不斷，他只覺得眼前不管有沒有看見東西都呈現漩渦狀轉動，還伴隨有一下沒一下浮現的金星，好不容易恢復點力氣時，拚盡了全力掏出口袋裡的手機。

弄出微弱光芒的瞬間，他看見的不是狗也不是芒草，而是冰冷池塘旁、離他不遠、可以伸手搆到的位置，有個人形的東西，和他一樣橫躺著，看不出仰躺或是趴著，軀體全被爛泥包覆，黑髮糾結地纏住整個腦袋。

「咳咳……」

挪動手機讓光芒照到那團東西的「頭部」，就在同一時間，那個泥人突然發出很低沉的喀喀聲響，朝下的臉部側翻過來，裹滿的爛泥隨著動作往下滑，裡頭的腐蟲密密麻麻地鼓動著漿水，凹下的眼部位置顫動了幾下，一隻暗紅色眼睛猛然翻出，直接與他對上視線。

「——！」

根本來不及發出驚叫，後方草叢便傳來很大的聲響，突然有人一把拽住他向後拉，遠離池塘。

「找到了！在這裡！」

身邊人的喊聲好像還是很遙遠，而且有個嗡嗡的聲音像牆壁一樣隔在中間，聽不是很清楚接下來的騷動。

不過那個他覺得下次該準備的小型探照燈燈光倒是打亮過來，有人提著那玩意從芒草叢的另一邊跑來，接著馬上被吼了句：「站住！全部都不要過來！會破壞現場！」

現場？

被拖著離開時，他看著池塘裡的泥人越來越遠，沒有紅色的眼睛，臉也沒轉過來，只有泥水裡的大小蛆蟲還開心地扭動身體。

被幾個人扛回到路上的短暫時間裡，他的意識終於恢復得差不多，耳邊也不再嗡嗡響了，視線在周遭的光亮之中總算清晰起來，立刻見到一整組轄區員警和虞佟、聿，一旁馬上有人拿來大外套包住他的身體。

「阿因你聽得見嗎？」虞佟扶著他在旁邊廂型貨車打開的後車廂坐下，拍拍他的臉。

「嗯……應該可以……」甩甩仍鈍痛的腦袋，虞因彎著上半身，覺得還是很無力，「那個下面……」

「有屍體，已經開始封鎖現場了。」虞佟快速檢視兒子的狀況，發現沒有太過嚴重的傷勢，多半都是滾下山坡造成的各種擦撞傷與被野草割出的淺淺傷痕，他接過聿捧來的急救箱，拿出食鹽水先沖洗幾處比較深的傷口。

「我不知道發生什麼事……」虞因吃痛地縮了下手，那裡有個破口和好幾條草葉割傷，食鹽水沖下去整個痛到他三魂七魄快速歸位，周遭的人聲雜鬧總算現實立體了起來，不再有隔層膜的感覺。

「你滾下陡坡，我爬下去找已經不見了。」站在一邊的聿低聲說：「你突然不說話，好像在夢遊、走到陡坡那邊，就摔下去。」

「啊……抱歉，嚇到你了。」虞因好像看見對方眼裡一閃而逝的自責，知道把對方嚇得不輕，覺得很不好意思。於是簡短快速地把工廠內所看見的事情，一直到自己似乎被車撞的過程告訴兩人。「我沒想到會這麼突然。」完全沒有預警，而且好像就是短短十多分鐘裡面發生的事情。

「現在是晚上十一點五十三分。」聿注意到對方想要找手機的動作，淡淡地報了時間。

「如果從中午開始計算，你們兩個失蹤將近十二個小時。」虞佟接過拋來的水瓶，轉開放到虞因手上，「我們是在九點多那時打通小聿的電話，他一直在這裡找你。他發現陡坡下面有行走的痕跡，應該是你摔下去之後就從那邊走掉了，我們到達時他在比較上面的地方找，擴大搜索後才在這邊找到你。」

虞因這才發現聿身上很狼狽，本來穿著的薄外套坑坑洞洞的，髒亂到不行，露出的手上全都是割傷，那張帥氣的臉也被快吃人的高大雜草堆割得跟花貓一樣。

「對不起。」虞因發自內心感覺到抱歉。

聿嘆了口氣，豎起兩根手指：「兩個禮拜。」

「好啦，兩個禮拜甜點，外加三次吃到飽。」

「可以。」

虞佟站起身，摸摸他家一大一小兩人的腦袋：「等等小聿開我的車下去，你們兩個都先去醫院，你的摩托車我騎回去。另外東風去幫夏看監視器了，所以你們直接回家好好洗個澡，休息睡覺，不要再亂跑了。」

由聿扶到車後座，虞因昏昏沉沉地靠在椅背上。

被封鎖的現場與被架起的大亮照明燈，來援的員警們紛紛提著採證工具圍繞在周邊。

芒草前，渾身是血的少女茫然地看著人們，頭顱慢慢地低垂下來。

最終，身影消失在黑暗中。

□

翌日清晨，虞因很早就醒了。

折騰了一整夜，還去醫院包紮成半個木乃伊，卻在早上五點突然睜開眼睛，瞬間全無睡意。

天色仍是暗藍的色澤，房間裡只能看見熟悉的家具輪廓。

爬起身時因爲全身疼痛讓他齜牙咧嘴了幾秒，手腳不協調地走去開燈，走一步痛三步地半殘著掙扎往樓下移動。

在廚房倒了杯柳橙汁，他才發現客廳的小燈是開著的，上前後果然看見一桌子亂七八糟的紙張，不知道什麼時候摸到他家裡的東風蜷著身體睡在落地窗旁邊，窗戶開了一小條縫，清晨的涼風從那裡灌進來，吹開幾張他身邊的紙。

虞因悄聲拿了薄被子過來蓋在對方身上，大概也是累極了，東風微睜開眼睛看到是他，咕噥句什麼又閉上眼睛，捲了被子繼續沉睡。

坐在旁邊撿起那幾張紙，虞因皺起眉，大部分是不同區域的地圖，上面被用各色標記出一條一條不同的路線，當中某張角落被註明了「輪胎？」這樣的字眼。

「殺狗的輪胎痕。」被子裡傳來虛弱的小小聲音，似乎半夢半醒間，軟綿綿的聲音越來越小。「監視器畫面拍到的機車有一台相符……還不確定是不是同一輛，不過我看輪胎是一樣的，你爸說那個人昨天也去那個社區徘徊，被他們堵到，查了身分證。」

「你們追到殺狗案的凶手了？」虞因沒想到東風在看監視器時竟然還特別留意了輪胎的特點，應該說監視器裡面的輪胎超小的，他到底是怎麼看出來的？

東風的被團動彈了幾下，然後整個人翻過來改成側躺，打個懶洋洋的哈欠才繼續說道：「事發道路上的監視器當時說是故障，兩支都沒拍到，虞警官他們拜訪了幾個住戶與那個狗主人，因為狗主人當初曾一戶戶去懇求幫忙，那時有四、五戶給了她當晚的記錄，可惜全都沒拍到關鍵。但那些畫面裡都拍到相同的兩輛機車經過，後來虞警官問到了一戶好心人家，他們保留得更多，那幾天的全都儲存了下來，預防狗主人需要，我們在裡面找到兩天後，同一輛機車在社區路上徘徊。」

「就是那個疑似胎痕的輪胎主人嗎？」虞因看著那張地圖，非常詳細地畫出了移動路線，還標明昨天的日期。

「一個多月前的路口已經調不到了，所以我請他們改找最近一個月內的，果然發現這個人來過好幾次，大約一週會去個一、兩次，太頻繁了，附近鄰居也證明有不明人士時常間逛。」東風爬起身，拿擺在旁邊的杯子喝了口柳橙汁，讓腦袋清醒過來。「在那邊不方便繪製，所以我只記下所有相關畫面，把他行經的地方全都畫出來，白天大部分都很固定，不過入夜顯然會去其他地方。」

跟著指示，虞因把那些紙張按時間整理，果然可以看出白天與晚上的路線完全不同。白天很明顯可以看出應該是從家裡出門，之後工作或是在幾個固定的地方打發時間，吃飯、網咖什麼的。但一到晚上，路線就變來變去，有時候深夜還跨區，這看起來很像他們以前大學會幹的事情。「夜遊？」

「嗯，大約六、七個人一夥，夜間時常在不一樣的地方，通常去夜店，不然就是偏僻到沒辦法拍到的荒郊野外，然後有趣的是……」東風橫過身體，把丟在旁邊的繪圖本拉過來，四開的圖本有點厚重，在地上發出小小的聲音。「他們和這個人見過面。」

隨著繪圖本被翻開，虞因看見熟悉的人像，忍不住提高聲音：「郭博昆？」那個差點被他家兩個小的聯手毒殺、現在還躺在醫院的勒索傢伙？

「嗯，這一個月來光監視器拍到的就見過兩次，沒拍到的地方不曉得，另外那些飆車團夥也是固定同樣幾個人。」東風翻了翻繪圖本，幾個快要跟照片一樣眞實的大臉就蓋在上面，五男兩女，都很年輕。「從車牌已經確定了幾個人的身分。」

「我找人幫忙查一下。」虞因拍下這些人臉，把照片傳給認識的友人。

本來以爲清晨五點發訊大概也要等一會兒才能收到回覆，沒想到才剛傳過去不到一分鐘，阿方的訊息便直接傳來——不用問了，帶頭的是議員的兒子，這半年起來的，很常鬧事。

接著電話打了過來，阿方在手機那端開口，連反問名字都沒有，非常肯定地報出人名：「羅鎬辰，好幾次酒後鬧事，半夜還把車撞進別人的店，夜店裡起口角就拿酒瓶砸人，全都被他爸壓下來，每次出事的地方監視器一定是壞的。他爸很有力，認識的人很廣，勾結的勢力也不少，沒事別惹他。」

「呃，現在還沒惹到。」虞因看了看纏滿繃帶的雙手，無辜地說：「不過你怎麼這麼清楚？」

「因爲他有一次在小海他們的店砸東西，然後他就被小海砸，事後他爸搞了店，不但讓他們停止營業一整個禮拜，還故意弄了他們一些早就洗白成家立業的小弟，一天到晚讓警察盤查那些店和攤位。小海那邊的店長不得已只能低頭，還送一筆醫療費過去，小海氣到辭掉不幹，連她那個老大想讓她換地方她都不幹。」阿方冷冷地說：「你別插手，這個事情我們要處理。」

小海當然知道她老大和店長有自己的苦衷，爲了不牽連那些洗白的兄弟，他們才選擇適當示弱，讓大事化小、小事化無，這樣才不會害到人家妻小。不過對小海而言，她就是看不慣，她也不肯去向那種人道歉，爲了避免老大難做人，她乾脆甩頭不做。

這些事情看在他這做哥的和一些朋友眼中又是另一回事了。

「等等，你們先等等。」虞因一整個冷汗，突然覺得還好自己有問。「他可能和我爸他們的案子有牽連，先把人留給我們。」

「……我晚一點再打給你。」

說完，通話就被掛斷了。

「惡名昭彰？」坐在一邊的東風偏著頭，毫不意外地問道。

「嗯，一太他們可能要出手，我怕姓羅的會蒸發，不知道會留幾天給我們。」虞因頭很痛地把這些消息發給他兩個老子。雖然還不知道車隊是不是只牽扯到殺狗的案子，但昨晚在那些幻象當中，他怎麼看都覺得這些人很可能與江雪穎的事情脫不了干係，那些看不見臉的男男女女與墮落的異世界，還有最後撞上少女的車……

一想到被撞的感覺，虞因就一陣後怕。

他昨晚不敢說太詳細自體感受，只陳述所見經過。車撞上來那瞬間他真的以爲自己要死了，身體太痛，劇痛炸開後有片刻突然沒有任何感覺，不知道是因爲痛到麻木還是神經系統在那瞬間爲了保護自己而完全痲痺，接著爆炸般的痛又洶湧逆流回來。他記得自己被撞出車道，衝擊力大到可以聽見骨頭折斷、內臟破裂的聲音，隨後掉進芒草堆裡，血液從口鼻湧出快要無法呼吸，全身不停抽搐、無法思考，只剩發黑的視線憑本能記住了些許畫面。

包括看見了一雙腳，像是覺得很礙事似地把他踢下落差很大的斜坡，他翻了幾圈，最後被踢進池塘裡。

「你被嚇到了，所以才在這時間驚醒。」淡淡的嘆息被清早的風吹過來，東風站起身，薄被從他肩膀上掉落。他踏著讓人聽不見聲音的腳步離開客廳，幾秒後瓦斯爐開火的喀喀聲從廚房傳來。

一抹香氣傳到落地窗邊大概是幾分鐘後的事情。

重新回到客廳的東風把手上帶著暖意的溫熱馬克杯塞進虞因手裡。虞因聞到可可的香氣，還有極淡的一絲酒味，也不知道對方怎麼調的，入口的飲料溫度不會太燙，可可很溫潤、不太甜膩，很適當地安撫了記憶中不屬於他的劇痛。

「雖然已經經歷很多次，不過每次『死亡』都很恐怖啊。」虞因苦笑著揉揉發痛的手臂傷口。「以前都盡量想說那不是我的，慢慢忘記就好，不過第一時間果然還是會怕。」他也知道其他人會很擔心，所以盡量不特別深入明說那些疼痛，不過這次被撞到好像快四分五裂了，還是多少有點陰影。

「你想幫那些人，又要自己一直消化額外的痛苦，我不明白……」東風皺了下眉，伸手按著額頭。

其實你明白。

虞因凝視著那張閉上眼睛、等頭痛舒緩的漂亮臉蛋，很想告訴他，其實你比任何人都明白，因爲你也是獨自吞食大量痛苦的人。

掙扎了那麼多年，終於釋然，命運卻還是開了你的玩笑。

你想起了生活習慣、想起自己所長，找回了客戶，卻在最痛的記憶前駐足。

看過警方的記錄與社會媒體的大肆報導，你當然知道檯面上所有發生過的事情，而且還能鉅細靡遺地推演細節，但是沒被記錄的與那些血親說過的話，我們卻不想告訴你。

因爲我們也很怕你又要消化一次疼痛。

「你們怎麼醒這麼早？」

大清早，虞佟提著早餐踏入，一進客廳就看到兩個人非常清醒，他皺起眉，沉下聲音：

「該不會都沒睡？」

「大爸早，我們剛睡醒啦。」虞因趕緊站起身，順便收拾地上的空杯子，並把那一整疊整理好的路線圖放到桌上。「好香喔，燒餅油條？」

「先過來吃吧。」把大包小包交給自己兒子，虞佟彎身拿起桌上的路線圖翻看了一會，有些疲憊地按著肩頸，通宵折騰帶來一身痠痛，但待會的休息時間也不多了。雖然不是很想在吃飯時間說一些會消化不良的話，不過他知道另外兩人都在等他開口。「晚一點我會去江家通知死訊。」

「已經確定了嗎？」虞因停下手邊準備打開豆漿的動作。

「報告結果還沒出來，但從外貌特徵來看，應該八九不離十，玖深說晚點就會告訴我們，我收到結果就過去。」因爲一開始已經有了猜測，所以他們第一時間便先比對江勇忠的DNA，如果不符合再繼續正規流程。虞佟說道：「我們儘可能搜索那座廢棄工廠，但時隔一個多月，加上似乎有人刻意收拾過，怕留下的東西不會太多。」警方接手之後才發現，雖然裡頭有少量垃圾，但對於一個廢棄一、二十年的區域來說，確實太乾淨了點，內部塵土的累積量很少不說，堆起來的機台顯然曾被水沖洗過，在在顯示近期有活動使用的痕跡。

連夜調出工廠與土地所有人，發現根本是個違建，用途不明，設立人與時間也不明，土地早就收歸國有，沒有進行任何開發處理。

「待初步鑑定出來，我們會馬上搜查相關人等，按照現場與阿因的說法，恐怕後面有個集團在操作。」如果眞的有那麼一個不爲人知的夜半會場，加上可能含有藥物的存在，那就不是一起簡單的案件了。

三人沉默半晌，各自無言地先吃個飽，沒多久早起的聿也進入客廳。

「對了，如果那個眞的是江雪穎，那麼她被車撞的時候很可能狗是在現場的。」雖然不知道爲什麼狗會大老遠跟著跑到山上，但虞因很清楚記得爬上緩坡時狗貼到他身上的觸感，是還活得好好的狗，不是後來被打得血肉模糊的悲慘樣子。

「假使狗在現場，那麼牠在返回江雪穎所住的街道上被打死又是爲了什麼？」虞佟皺起眉，愼重地思考這兩起原本看似完全不相干的案件。按照先前的看法，狗被這種殘暴的手法打死比較像是遭到尋仇，很可能是咬了人，更甚只是吠了幾聲就被毫無自制力的垃圾殘忍弄死，但現在比對起時間脈絡，江雪穎離家消失在前，狗被人殺死在後，中間江雪穎去了山上聚會，狗很有可能也在現場，那麼究竟是什麼原因造成狗的死亡？

「我再去找狗主人談談？」沒有確實的證據證明狗眞的去過山上，虞因想想，覺得既然先前某缺德損友已經介紹他和林雯敏認識，他就有些立場可以私下先詢問看看。

話才說完，另外三個人同時轉過來，用一種極度不信任的眼光盯著他。

「……什麼表情啊，我勸你們友善一點喔。」

居然露出他好像又要去罹難的表情，眞的有夠沒禮貌的！

「你們去的時候，順便問她狗是不是有一天身上都是這東西。」東風從口袋掏出一團縐巴巴、捲起來的衛生紙，包裹在裡面的是好幾顆黑色小小的籽。

虞因一看，是鬼針草。「上次的沒丟掉嗎？」

「不，你們兩個昨天身上衣物超多的，鞋子也有。」東風大半夜被虞夏繞過來丟包時，一進門便注意到兩人髒到不行的鞋子上沾著不少鬼針草，當下就去翻他們換下來還沒洗的髒衣物，果然全都是。畢竟整晚都混在野地裡，沒有黏到才比較奇怪。「狗的家到江雪穎家的路線上我請人幫忙檢查過，感謝都市化，現在全都是柏油路，還眞沒幾個地方能看到草。」

「啊，如果狗身上也很多，那牠眞的可能就在現場。」虞因猛然知道對方的意思。

「還有一點，如果江雪穎那天就死在山上了，那麼你們在她房間裡沾到的鬼針草，是哪裡來的？」東風以白皙的指尖緩緩敲著桌面，發出兩個叩叩聲響。「她在兩個月前逃家，一個多月前疑似被撞死在山上，假設她以前並沒有去過那個地方，爲什麼鬼針草會散得滿房間都是？」

「有人進去她房間過，所以電腦才有東西被刪掉。」虞因秒回想起那些對話，「那……」

突然響起的手機打斷他想說的話，看了一下，來電顯示是阿方，只好先起身走向落地窗邊接電話。

「半個月，不管有沒有相關，之後我們會動作。」阿方劈頭就丟過來這串話。「其他的你別問，姓羅的那些破爛事情一太說會給你們一份。」

「謝啦！」虞因多說幾句感謝、掛斷電話後，趕緊開信箱，果然沒多久就收到傳過來的檔案，他連忙傳到虞佟的手機上，順便拿了平板打開那些附件。

一打開，還眞的是各種惡形惡狀，不知道阿方他們怎麼收集的，裡面有大量羅鎬辰與他的小團體爲非作歹的照片，連短影片都有，小流氓會幹的事情幾乎一件不漏。嗑藥、恐嚇、飆車、砸毀住家或車子，全都有，其中甚至還有一段影片是對少女灌酒，然後把不醒人事的全裸女孩扔在大街上，幾個人囂張地騎車揚長而去。

「這裡有江雪穎。」東風很快在其中一張照片中發現江雪穎的身影，那是張合照，穿著小洋裝的少女臉上畫著手法不是很好的妝，眼線有些粗，都快讓她的眼睛變成煙燻妝，不過少女本身條件很好，所以看起來還是相當亮眼。精心打扮的女孩倚靠在一名二十多歲的青年身上，青年的臉長得與東風所畫的羅鎬辰一模一樣。

不得不說，東風的畫與本人眞的非常相似，尤其是神韻捕捉得相當好。羅鎬辰臉上那一絲戾氣不但呈現在畫裡，也出現在照片中，有點偏韓系陰柔的臉可能是很多小女生喜歡的類型，單眼皮、高挺的鼻子與薄唇，但看著鏡頭的眼神彷彿裝滿對這世界的不屑與厭惡，透過螢幕對著觀看的人們傳遞似有若無的邪氣和凶狠。

兩人動作親暱，羅鎬辰的手直接抱著江雪穎，像在宣告主權。

「這應該就是江雪穎的男友了。」虞佟在心中規劃今天大致上要怎麼行動的計畫表。

「說不定你們可以檢查看看他的輪胎是不是與另一條相符合。」東風翻出幾張羅鎬辰坐在機車上的照片，點著改裝的高胎。「我看上去認爲是一樣的，是他的話就不意外你們的監視畫面會消失了。」

如果羅鎬辰本身眞的是個惡名昭彰且放肆地到處使壞的小垃圾，那警局應該會有大量傳聞，看起來虞佟好像不太曉得，這也就是說事情在轄區派出所就被壓下來，能做到這點的，想來想去，也就只有他家那個很硬的後台。

翻著這些證據，不到五分鐘，換成虞佟的手機響起，接通後傳來玖深的聲音——

「屍體就是江雪穎。」

「你們眞的找到了？」

上午九點迎來客人，聽見是與狗相關的事情，原本正準備上班的林雯敏趕緊打電話稱身體不舒服，託陳關去代班，然後自己坐在客廳看著兩名訪客。雖然很奇怪爲什麼他們兩人身上都是傷口，不過她更關心與狗相關的問題。「可以告訴我是誰嗎？我想看看到底是什麼樣子的人渣才會做出這種事情！」

「目前還只是懷疑，我們已經請警察幫忙協助了。」虞因安撫著因怒氣而激動到眼眶泛紅的女孩。「雖然很難過，不過可以拜託妳回想一下那幾天麻糬有沒有任何異狀？像是突然搞得很髒，一整晚沒回家？」

「……你怎麼知道？」林雯敏訝異地睜大眼睛，被突如其來的詢問搞得有些莫名，但立即回答：「眞的有兩天麻糬很奇怪，牠傍晚跑出去就沒回家，我擔心牠出事找了一整晚，還發到社團上請大家幫忙找，因爲麻糬從來沒有發生過這個狀況，牠常跑出門，但晚上我們睡覺要鎖大門之前一定會從牠的狗門回來。結果隔天中午牠突然自己跑回來了，身上超級髒，不知道是不是摔到池塘裡，有很多又黏又臭的泥巴。」

「還黏滿雜草，像鬼針草那種很難整理的？」

「對，沒錯，那天我花了很多時間才把麻糬整理乾淨，而且發現牠牙齒和毛都有血，還以為是跟野狗打架受傷，洗乾淨卻發現沒傷口，大概是牠咬贏別隻狗吧。」說著，林雯敏的眼淚突然又掉下來，玻璃珠一樣在她手背上摔碎。「過了兩天，麻糬就被人打死了……所以我記得很清楚……很清楚……我一直覺得是不是牠那天好不容易逃過死劫……沒在什麼地方淹死……結果逃不過被人殺死……」

坐在一邊的聿沉默地遞上電話邊的整包面紙。

「對不起讓妳想到傷心事，不過可以請妳再想想，那天洗麻糬的東西有留下來嗎？像是毛巾……」虞因放輕語氣，儘可能溫柔地問著。

「沒有，因為太髒了，所以我都打包丟掉……啊，但是有個……你們等一下。」林雯敏說著就站起身，邊抽著鼻子邊往樓上房間走，過了一會兒匆匆的腳步聲傳下來，女孩手上拿著一個小塑膠盒。「我在幫麻糬弄掉身上泥巴時，這個黏在上面。」

虞因接過那個不到五公分的小盒子，半透明的盒子裡裝著一只櫻花耳環，上面沾染奇怪的斑點，很像是某種塗料。

「當時順手沖了下水放著，就忘記丟掉了。」林雯敏也說不出爲什麼還留著這項物品。

「你們要拿走也可以，大概是麻糬那兩天不知道在哪邊黏到的小垃圾。」

女孩說話的同時，虞因看著那條血淋淋的狗拖著腳走到主人旁邊，眷戀地用殘缺面孔蹭著她的膝蓋，然而坐在活人世界這邊的人卻感受不到相隔彼端的渴望。

虞因看著狗，突然有點不忍心，開口：「妳平常坐著時都怎麼摸麻糬的？」

「咦？平常……平常麻糬看我在沙發上會跳上來一起坐好，我們一起吃東西……有時候牠會坐在我腳邊，像這樣……把頭放在我膝蓋上……」林雯敏慢慢地向前微傾身體，抬起手掌在膝蓋邊撫摸空氣，懷念般假裝那裡還存在她最疼愛的白柴。「我會摸牠的頭……」

白柴將破損的腦袋輕輕蹭進女孩的掌心裡。

這瞬間，被鮮血浴身的動物好像忘記疼痛，只是安心地享受主人的觸碰，即使他們一點也沒有接觸到。

「我好希望麻糬可以回家……」

林雯敏的手停在空中，淚流滿面。

安慰了林雯敏並從林家離開後，虞因和聿回到車旁。

因爲虞佟的堅持，所以今天他們兩個傷患是開著他爸的車出門。

「這個耳環果然是江雪穎的吧。」轉動著手上的小盒子，虞因打開並拍了張照片發給虞夏。他第一眼就發現了，之前在江家看到的唯一那張合照裡，江雪穎就戴著這副耳環。「狗的確當晚就在那裡。」

只是不知道白柴爲什麼可以大老遠跑到那地方。

事後他們查找那個山區地點，竟然離這邊要將近一小時車程，當時虞因卻覺得很快就到了……有些事情果然還是不要去想太多比較好。

「啊，大爸應該還在江雪穎家，要過去看看嗎？」虞因算著時間，虞佟是早上六點出門的，繞回去警局拿文件等必需物，再過去江雪穎家，如果周秀美願意讓他們直接進房間採證，現在可能還在那邊。

「都可以。」駕駛座上的聿發動車輛，很快地轉出停車格。

「等等順路去買一……喔靠！」本來想說順路去買點吃的東西帶給周秀美，畢竟今天這個狀況，她家這幾天可能不會太好過，但還有個尚無法完全自理生活的小兒子必須照顧，所以至少能幫些忙。不過才剛要開口，虞因一抬頭，猛然就在照後鏡上看見一張鮮血淋漓的臉，坐在後座中間的少女緩緩抬起頭，紅色的眼睛從鏡子中與他對視，把他嚇了一大跳。

先前看見的幾乎都是黑影狀態，可能是因爲找到了屍體，現在突然立體鮮明起來，而且看樣子八成是昨天從山上下來就跟上這輛車了。

滴滴……

「祢、祢有什麼話要說的嗎？」虞因看著照後鏡，拍拍剛剛被嚇得起伏激烈的胸口。旁邊的聿察覺到異狀，停靠在路邊，等待他們溝通。「我們現在要去祢家，警方已經介入調查了，很快就可以找到是誰害死祢。」

少女的雙眼瞬間出現了悲哀，祂張開嘴巴，卻只能發出渾濁嗚咽的低嚎。

虞因按著又開始發痛的頭，隱隱地似乎聽見悲鳴裡不斷重複的字——「對不起……對不起……政豪哥……對不起……救命……救救……對不起……」

「是莊政豪帶祢到那個地方的嗎？」虞因停頓了幾秒，重新問道：「還是羅鎬辰？」

彷彿聽見什麼可怕的字句，一個無比刺耳的尖叫聲直接傳來，眨眼間少女的身影消失在車內，只留下一絲淡淡的血腥氣息。

虞因甩甩頭，將不適的暈眩感晃掉一些，轉身往後看已經什麼都沒有了。「……還是兩個都有？」至少讓他問完話啊喂。

「沒回嗎？」聿看他的狀況，判斷大概是「那種東西」已經離開了，便重新將車開進車道，往江家的方向前進。

「嗯，聽完名字就跑了，不知道是哪個人有問題，或是兩個人都有問題，啊等等前面停一下。」虞因說了下要買食物的事情，邊思考著阿飄剛才的反應。

莊政豪也已經離家出走，馬上可以找到的就是羅鎬辰，阿方等人還在盯著他，可見這人仍持續活動。江雪穎的聊天記錄中曾表示過對於男朋友的反感，當時狗被殺也判斷下手的是個殘暴的人，王偉民明顯就是個怯懦的小弟，那他就是綁狗的人……看來打死白柴的傢伙幾乎可以確定是羅鎬辰了。

讓羅鎬辰在隔兩天後，千里迢迢追過來打死狗的原因又是什麼？

□

周秀美坐在前院車庫裡的機車上。

早上還沒七點，她起床準備好早餐正要載兒子去上學，如同以往的這一天，警察來按她家的門鈴，然後告訴她：「發現妳女兒的屍體。」

她無法理解為什麼警察會那麼確定那是小雪，耳邊只傳來年輕警察告訴她因為先前江勇忠受傷時有記錄，他們用了那份資料比對，親子關係吻合，需要他們前往確認與配合一些調查……可是他們怎麼可以覺得那就是小雪？

小雪明明只是逃家而已，她住在朋友家才對，自己那個一天到晚嫌棄父母、怨恨整個家，說著死也不想回家的女兒，每天都怒罵著她自己出去住都會比住在這裡更好……所以怎麼可能會變成屍體讓警察找到？她不是說住哪裡都可以比這個家更好嗎？

恍惚之間，常常借她錢的太太好像出現了，過來說要幫她帶兒子上學，她無意識地按照平常習慣道了謝；警察問她能不能檢查小雪的房間，她也無意識點頭同意，然後看著陌生人們來來往往，穿梭在他們家當中。

所以發生什麼事？

「周秀美的情緒不太對，找位女警陪在她身邊，不要讓她離開視線。」

虞佟站在窗邊，看著坐在機車椅座上已經發呆很久的婦人，低聲指示旁邊忙進忙出的員警。接到噩耗後，周秀美整個人變得相當恍惚，簡單的詢問倒是都能回答，但一要她確認相片與隨同員警去察看屍體，她似乎都沒聽到一般，只一逕地喃喃自語說女兒逃家。

過了一會兒，另名同僚走過來說道：「和阿因他們說的一樣，電腦有被刪改過的痕跡，主機打包好了回實驗室復原，剛剛找不到近幾年生活的相片檔案，朋友同學的全都沒有，可能也是被刪了，我們盡量看能救回多少。」

「麻煩你們了。」虞佟點點頭。

「對了，搜索時弟兄們發現了這東西。」青年拿出打包好的證物袋，裡面是一小袋約四、五顆左右的奇怪彩色糖果。外人看，大概會以為是普通糖果，但這東西在他們這邊已登錄在案，是一種新興低價毒品，專做成手上這種一公分大的愛心形狀，上頭蓋著一個「K」，被暱稱為「小可愛」的迷幻藥品，流通在學生族群與一些夜店，具一定程度的上癮性。「藏在她一大堆鐵盒裡，用小說夾著。不過從她房間的陳設看起來，我總覺得她不像是會嗑藥的女孩子，眞是的……」

就在這個時候，屋外突然傳來一聲尖叫。

虞佟和員警立刻衝到屋外，就看見車庫裡周秀美已經離開機車，雙手緊緊扯住剛返回的江勇忠的襯衫領口，一雙眼睛瞪大泛紅，爬滿了血絲。

「幹！又在起肖啥小！」甫進門的江勇忠一臉莫名其妙地咆哮，一腳踹開周秀美，連前來阻攔的女警都被他用力推了一把。「恁北已經衰了一晚，妳又在衝啥小叫了一堆警察！幹！賺不了多少錢事還比別人多，一天到晚不知道在搞三小，你們這些警察是不是吃飽太閒死沒路去！攏總嘎恁北死出去！」

就在江勇忠又要往撲來的妻子臉上揮拳時，虞佟快了一步扣住對方的手往後扭，近距離讓他聞到一股極為濃烈的酒味，餘光瞄到車庫出入口邊摔了一罐啤酒瓶，不知道他一整晚喝了多少，喝到酒氣沖天，滿嘴都是髒話。

「幹恁娘又是你這個警察……你是上次記仇故意來我家鬧是不是……幹……你們這些垃圾只會用我們納稅人的錢欺負我們這些小老百姓啦……幹你媽的！」

虞佟側身避開醉鬼另外一隻亂揮舞的拳頭，以僅剩的同情心開口：「江雪穎死了。如果你還清醒，去洗把臉跟我們回去幫你女兒最後的忙。」

江勇忠突然停止掙扎，像台老舊故障的機器在這瞬間不動了，過了很久，那些話才像電流般傳進他的大腦，並用極慢的速度讓他理解聽到的含意。

他有點卡頓地回過頭看著警察的臉，眼珠子不安地轉動幾圈，幾秒後突然爆出大笑：「幹！裝肖維！哈哈哈哈……哈哈哈……共殺肖威，那個不孝女死了還不來跟老子報明牌……哈哈哈哈……不可能……不可能啦幹！這種事情怎麼可能發生在我們這種普通人身上……哈哈哈……幹……不可能……」

虞佟鬆開手，看著男人垂著肩膀，臉孔對著地板，好像很認眞地瞪著地上的小污點，不斷發笑著說「不可能」。

一旁爆出淒厲的號叫。周秀美撲到丈夫身上，掐住他脖子歇斯底里地怒吼：「都是你害的！爛人！人渣！我要跟你離婚！離婚！這樣小雪就會回來了——你給我滾出這個家！就是你這個垃圾小雪才不回家！你出去！你走！我跟你離婚！離婚她就會回來了！」

江勇忠甩開女人，赤紅著眼睛大吼：「是我的錯嗎！妳當她媽的整天在家妳看好她了嗎！她逃家就讓她逃家嗎！她有哪些朋友都去哪裡你他媽知道嗎！孩子在妳身邊妳有好好照顧嗎幹！是我的錯嗎！幹恁娘是我的錯嗎！」

「爛人！你去死！你當初去死我們家就不會這樣了！什麼被騙！欠錢怎麼不去死啊拖累一家人算什麼！放開我——給我滾！啊——！」

被員警架開的周秀美看著一樣被拉開的丈夫，發出不像人的淒厲慘叫。歷經滄桑的普通女人面孔瞬間崩塌下來，被巨大悲傷扭曲得看不出原樣，甚至瞬間老了好幾歲。等到她終於不掙扎了，後面的人鬆開手，她一屁股坐到地面，無神地望著周圍人們，雙手合十躬下身，求救般發出脆弱的低鳴：「我去……帶我去……我的小雪……媽媽帶妳回家……」

虞佟示意女警上前扶起婦人，帶著她離開車庫，然後他回過頭看著癱軟在地的江勇忠，後者同樣抬起頭看向他。

「警察先生，你跟我說……是你們弄錯對吧？這種事情應該發生在電視上……不然就是那種亂搞關係的小孩子，我們家小雪很乖，她很乖……她只是討厭我，怎麼可能就這樣死掉？」江勇忠手腳冰冷地蜷起身，跪在地上無措地不斷拜託眼前的警察。「她只是逃家，你們把她找回來就好了，我不賭不喝了……我跟她媽媽離婚，房子都給他們，我會去賺錢……我去賺錢，欠那些店吃喝的錢我都會還他們，我不賭了、不賭了……你跟她說放心回家，以後不會有人討債，她可以不用再看到我，她聽到消息一定會很開心回家，拜託你們把她找回來……」

虞佟蹲下身，拍了拍男人的肩膀，嘆道：「現在去帶祂回家吧。」

有時候，人們並不是不知道自己的錯誤在哪裡，他們只是想選擇逃避現實和痛苦，對家庭造成哪些傷害，或許他們最清楚不過。

如果早早就後悔並彌補這些傷痕，那麼很多事情便也不會無可挽回。

回家原本就該是一件天經地義的事，而不是痛苦。

只是這對夫妻的悔恨已經來不及傳遞給想逃離這些痛苦的少女了。

□

「羅鎬辰在嗎？」

上午十一點，虞夏一把推開ＫＴＶ的小包廂，終於在連跑好幾處之後逮到這群男女。幾個人大白天就張狂地在包廂內喝得爛醉，兩名女子上半身幾乎脫得全空，其中一人直接趴在他的目標身上。相片上看就覺得這小子不是什麼善類，現場看更不怎樣，被打擾興致後，青年直接用野獸般凶狠的目光朝門口瞪去。

「你他媽哪路的？」摔掉手上的麥克風，青年把身上的女子推到旁邊，滿臉不悅地站起身並拉起褲頭。

「江雪穎認識嗎？」舉起手上的合照，虞夏看著紛紛起身站到青年後面的小混混們，以及滿桌的酒罐和糖果。「之前被你老爸送到國外，鬧到被那邊的學校退學又回台灣，短時間內你也真會搞事，沒好好反省過嗎。」

「干你屁事，誰教你不投胎到有力的老子家裡，幹警察很窮吧。」羅鎬辰半瞇起眼睛，上下打量孤身前來的員警，不屑地笑了幾聲：「你說的那個不熟，出來玩還想裝小乖乖，搞了幾次就分了。」

「你知道江雪穎失蹤了嗎？聽說你們兩個是男女朋友，我問過一些人，她失蹤前還跟你在一起混，交往了快半年叫作搞了幾次？」虞夏把照片彈到對方身上，「半年前拍的照片，你要不要想想再重新回答我。」

「操，她劈了兩個人還敢說交往啊，失蹤跟我講有個屁用，你們這些警察鼻子不是跟狗一樣嗎，有本事自己去找啊，還是沒錢找不到？」說著，羅鎬辰撥了通電話，另端很快就被接通。「喂，跟我爸說有個警察來搞我，叫他出來擦屁股……幹！做什麼！」

虞夏直接走上前奪過電話，冷笑著開口：「羅議員的祕書嗎，跟他說我是虞夏，他是忘記跟他兒子說不要被我盯上嗎，叫他仔細想想，看是他惹到我還是我惹到他會比較有趣。」

兩秒後，通話立刻被切斷。

把手機扔回眼前的白目，虞夏環起手，看著臉色瞬間變了下的青年。「怎麼，你爸交代過嗎？我記得有一票人會跟他們下面的傢伙說不要對看起來很年輕的刑警亂動手，現在想起來了沒。」

「幹！臭老頭！」羅鎬辰想起來那幾句他其實沒有放在心上的交代。

「我勸你最好是重新回答我的問題，江雪穎失蹤前在哪邊？關於她的行蹤你知道多少。」虞夏大大方方地接受對方毫不遮掩的怒意與凶殘瞪視，如果這小混蛋是隻野獸，應該現在已經對著他的脖子撲上來了。

羅鎬辰沉默了幾秒，突然咧開詭異的陰森笑容。「我、不、知、道。」包廂內的七彩霓虹燈五顏六色地閃爍在他臉上，讓他的笑看起來更肆無忌憚，吃定了眼前的人不會隨便動他。「你們就是沒證據才想問我吧，有證據就不會在這裡吠了。我說我、不、知、道，管你是不是我爸交代過的，快點給我滾出去。」

第二張相片彈在青年的臉上，血肉模糊的狗屍直接近在眼前。

「那我們來談一下爲什麼你吃飽沒事要去打死別人家的狗。」虞夏按著與外面通連的耳機，聽著外頭的報告。「現場胎紋的鑑識報告出來了，根據形式，我們找了幾家範圍內有在做改裝的機車行，正好問到你去換過高胎，我同事正在外面對你的輪胎採樣，我是覺得應該就和打死狗的嫌犯車輛一樣啦，外面的住戶監視器也拍過你們的身影，所以你跟人家的狗有什麼仇恨，要從山上大老遠下來追著狗打？」

「就算狗是我打死的，那有什麼問題嗎？死一條狗而已，滿街都是沒人要的狗，爽打死幾隻就打死幾隻，你是不是要每條都管啊？」

「廢話，動保法啊混蛋。」

蹲在KTV門口的小伍等不到十分鐘，就看著他老大扭著個年輕男子出來，一臉凶相的傢伙不斷咆哮著各種惡意的謾罵。

「裡面幾個也去抓一抓，他們襲警，順便拖回去驗尿，大白天就嗑到茫，找死。」虞夏把羅鎬辰拖出店外，扔在警車邊，蹲下身拉高對方雙腿褲管，在左腿上找到一處竟然到現在都還沒癒合的咬痕，他直接往那個還在泛紅發炎的傷口甩了一巴掌。「被狗咬是嗎。」

羅鎬辰黑著張臉，一句話也不說。

把人按進警車裡，虞夏跳到自己的摩托車上，下秒便接到局裡打過來的電話。「老大，姓羅的律師已經到了。」

「不意外，這小子已經開始玩保持緘默那套了，他應該發現剛剛自己說溜嘴，我問他從山上追下來時他沒有否認，你們待會兒看著辦吧。」虞夏交代了幾句，沒多久就又來個插播，他先結束手下這邊的事，才接通插播。「怎樣？」

「江雪穎右耳的耳環和阿因傳來的照片是一樣的，等阿因那邊的送過來就知道是不是一對了。」通宵沒睡的玖深聲音聽起來有點緊繃。「阿司說江雪穎的死因不是被撞死，她的體內有一些池塘裡的微生物，她被撞下去的時候人是活著的，然後在爛泥巴裡窒息身亡。」

深夜被送到的屍體採樣沖洗掉那些骯髒的泥濘，他們發現女屍幾乎全裸，只著一條內褲，全身上下都覆滿噴漆塗料，左手臂有一塊燙傷，與虞因之前說過的幾乎吻合。由於環境因素，屍體保存狀況算是完整，他們也抓緊時間盡速尋找蛛絲馬跡。

「另外在她身上發現了一個奇怪的瘀青形狀，我覺得看起來很像是引擎蓋上常見的那種小裝飾，剛剛查過，網路上有在賣，是個金屬獵豹，很可能是撞她的車子留下的，我把樣式傳給你們。」玖深說著：「工廠那邊沒有找到和衣物相關的東西，連你們說的那些螢光噴漆都被覆蓋了，牆上至少有三、四層不同塗料，一般青少年集團應該不會清到這麼乾淨……我看其他人帶回來的，連個保險套和菸蒂都沒有，他們辦了一個那麼大的趴，結果把垃圾都帶走了，怎麼會這麼負責任？」

「不如說是怕被追蹤出身分吧。」虞夏冷哼了聲：「隱蔽到連條尾巴都不想被發現，我現在還真好奇主辦是啥玩意了。」

如果是這麼謹慎的地下團體，按照這種收拾的熟練度，恐怕他們過去已經舉辦過好幾次類似的聚會，只是從來沒有被發現。那麼按照主辦的這種小心性格，他們應該不至於弄出人命……但搞死人的話，屍體會被處理到直接蒸發。

這也就是說弄死江雪穎的人只是去參加的，並不是內部成員。

果然眼下還是只能先從羅鎬辰一行人身上下手，畢竟他當天在場，得挖看看這個聚會團體是怎麼操作的。

虞夏結束通話後戴上安全帽，催動油門直接往下一個目標點呼嘯而去。

□

虞因和聿到達江家時，正巧在門口遇到虞佟。

「周秀美夫妻已經前往認屍了。」虞佟前後送離那對夫妻，因爲得到江勇忠的允許，所以留下的員警們繼續在江雪穎房裡採證。「我要去莊政豪家裡一趟，他也有涉案的可能性，看看家屬是否能夠提供幫助。」

雖說莊政豪離家很久，然而犯案後受家屬窩藏的可能性也不是沒有。目前還沒有莊政豪本人的蹤跡，只能先找家屬談談。

「我可以一起去嗎？上次我有和他媽媽聊天過。」看他爸沒有反對，虞因趕緊跟上腳步。

莊家的電鈴被按了兩下後，很快有人來應門，果然還是莊政豪的母親。婦人看見虞因有點訝異，除了可能沒想到這麼快又來，還有對方身上臉上那些傷勢。「你們怎麼……？」

「我是警察，想詢問一些關於莊政豪的事情。」虞佟直接出示證件。

「阿姨抱歉，其實我不是莊政豪的朋友，我只是因爲某些事情在找他。」虞因看著婦人露出了些微譴責的目光，趕緊多道歉幾次。

「該說的上次我都跟你們說過了，還有什麼想問的？」婦人聽著道歉，見對方畢竟還很年輕，態度最終軟化下來，不過神情間仍帶著些許戒備。「莊政豪在外面做了壞事嗎？爲什麼警察要找到家裡？我們家對他在外面的行爲完全不知道，也沒有包庇他，但是我這個做媽的還是可以說一句，他不是會做壞事的人，雖然這個家對他來說像垃圾一樣，可是從小看到大的孩子，我還是可以保證這點。」

「聽說你們知道江家的事情，我們主要是因爲……」

虞佟告知江雪穎的死訊，婦人跟著瞠大眼，一臉震驚與不信。幾乎就發生在身邊的凶案讓她感到不自在和恐慌，像是一種平穩的生活突然遭到無法控制的危險事物入侵的感覺，整個人跟著緊張嚴肅了起來。

「雖然有些被刪除的對話記錄還沒恢復，不過莊政豪很可能相當清楚江雪穎的狀況，她死前逃家住在哪邊、與哪些人接觸，或許他都知道一二。所以可以麻煩您再多想想，莊政豪有沒有什麼比較熟悉的朋友？或者您知道他大概會去哪裡？」虞佟看著婦人，她擔憂的樣子不像是裝出來的，應該眞不知道莊政豪下落。

「我、我眞的不知道，其實政豪是哪天出門的我們也不清楚，是有一天他妹突然發現他的機車已經好幾天不在家，我們去開他房間才發現他人不在，手機錢包也都帶走了。以前他就這樣跟朋友出去玩過，所以我們沒想太多，反正時間到他就會回來；眞的要說他有什麼朋友，我們也不曉得……不、不然這樣，你們會用電腦嗎？」婦人看了看家中，急忙做了決定。「政豪都在網路聊天，還是你們看一下他電腦，就知道他有哪些朋友？他對那個妹妹很好，妹妹死掉一定和他沒關係的，你們趕快找他回來就可以證明了。」

「這樣方便嗎？」虞佟再次確認。

「都出人命了，他回來要罵就讓他罵吧……不過不要動房間其他東西。」也知道碰電腦會遭到兒子嚴重的責難，婦人愁眉苦臉地想了幾秒，擔心小孩惹上不該惹的事情終究佔了上風，於是她打開鐵門，讓三人進入前院。

「平時只有妳在家嗎？」虞佟聯繫了在江家的女警過來陪同婦人。

「對……我先生和女兒都有工作，先生在戶政事務所、女兒在外商當行政，平常就我和政豪在家，政豪三不五時會出去打工，工作換得很快，常常幾天到一、兩個禮拜就不幹了，以前他還會跟我們說話時都抱怨是老闆、同事不好相處，等到他身上的錢快用完就會再去找別的打工。」替幾人拿來室內拖，婦人在門邊看著訪客們換下鞋子，接著領著他們走進乾淨整潔的透天小別墅裡。

屋子裡整頓得相當乾淨，裝潢是走明亮簡單的大方素雅路線，室內多是米白與原木色澤，能看出女主人的用心，把整個家維持得一塵不染，光看就讓人覺得很舒適。

「政豪住在二樓房間。」女主人帶他們經過走廊、踏上木色樓梯，幽靜的二樓有著主臥與後方的一般臥室。「主臥是妹妹住的，女孩子嘛，要比較大的空間，前幾年我們兩老搬到三樓住，讓妹妹住舒服點……而且我先生每次看政豪整天待在房間裡就不順眼，他們還是分層住比較好。」婦人打開後面那間一般臥室的房門，一股氣味立刻由陰暗的房內迎面而來。

「唉呦，怎麼垃圾都沒丟。」婦人也聞到這股味道，皺起眉打開燈，立即看見擺放在門邊角落的商店塑膠袋，裡面露出一半顯然是微波便當的盒子。

「等等，請先不要進去。」虞佟攔住想踏進去撿垃圾的婦人。

房內有些雜亂，主人應該是和家人分開居住，所以矮櫃上有些日用品；書櫃塞滿零亂的書本雜誌，有的因爲放不下便隨便堆疊在地，電腦桌椅與床上也有各種大小雜物，角落更是因長期沒有掃除，堆積了大量灰塵與蜘蛛網。不過讓他喊住人的原因，是房間可走的地面上有幾個鞋印，通往小陽台的落地窗雖然關著，但外面的紗窗卻開了一半，仔細看，可以看見地上還沾著一些鬼針草的小黑籽。

「莊政豪之前有回來過嗎？」虞佟邊叫幾人過來，邊問向婦人。

「這、這我們真的不知道。」婦人也看見了那些鞋印，全身雞皮疙瘩都冒出來。不知道為什麼，她直覺那不是自己兒子的鞋印，她兒子再怎麼不爽家裡，回家還是會規矩地在玄關換掉鞋子，穿室內拖回房。「我們上次發現他沒回來時沒有這些。」

「妳家中最近有東西丟失嗎？」

「不、沒有……」婦人有點六神無主，可能有小偷入侵的跡象也讓她害怕起來。「我們家有裝監視保全……幫、幫幫我們……」

「等等我會請員警陪妳把家裡整個檢查一次，像倉庫或水塔那些死角，確保沒有其他人在妳家中，這樣方便嗎？」

「好，謝謝你們。」說著，婦人拿著手機趕緊走到旁邊打電話給自己的丈夫，告知家裡發生的事情。

沒多久，幾名員警趕過來，一部分留下來在房間進行採證與檢查電腦，一部分陪著婦人徹查整棟屋子。

因爲沒自己的事情、也不能亂插手，虞因便乖乖退到屋外去，讓聿留在裡頭幫忙處理電腦。

他總覺得莊政豪房間裡的奇怪鞋印和江雪穎的事情脫不了干係。

「啊！哥哥你又來了。」

稚嫩的聲音從對面傳來，虞因抬起頭，看見鐵門內的孩子向他揮手。

虞因走向不遠的住家，在鐵門外蹲下身與小男孩平視。

「你怎麼又自己在外面玩了？你媽媽不在家？」

趙偉桐仰起頭，咧起大大開心的笑容，回答：「馬麻在家，馬麻說要燉很多菜，因為姊姊死掉了，姊姊家會很忙，馬麻要給他們一些菜菜。」

雖然這位年輕媽媽看起來似乎有些冷漠、不想沾事，不過確實是個好人，這種時候還想到要送食物過去。虞因對小男孩勾起微笑，說：「那桐桐要乖，媽媽是在做好事幫助別人，你自己玩要注意安全，不要亂跑，最好在屋子裡面玩就好了。」

「可是我在等汪汪啊，汪汪一直沒來。」桐桐歪著小腦袋，有點苦惱地把玩著自己的手指頭。「因為馬麻不讓我餵汪汪，所以不來了嗎？」

「……汪汪跟那個姊姊一起要去天堂了。」虞因也講不出來狗的慘狀，只能這樣回答。

「那汪汪死掉了嗎？牠和姊姊什麼時候回來？姊姊也很久沒陪我玩了。」桐桐眨眨眼睛天真地發問。

「桐桐你怎麼又在外面，媽媽不是說不要和陌生……哎呀。」匆匆跑出門口的徐馨云看見門口的人稍微意外了下，快步跑下台階。「是你啊，上次謝謝你幫忙，後來桐桐拉肚子我就沒過去了，真不好意思。」

「沒關係。」虞因站起身，勾起微笑。

徐馨云看了眼斜對面的騷動與警察，壓低聲音問：「對面怎麼了嗎？怎麼也都是警察？」

「喔，好像有小偷，妳這段時間有看見或聽見不正常的狀況嗎？」虞因沒打算細聊莊家的事情，反詢問對方。

「這一、兩個月是常常有奇怪的人在徘徊，看來應該就是那些小偷吧，真危險，還好我們家保全做得比較好。」年輕媽媽拍拍胸口，為自家的安危鬆了口氣。「抱歉我正在忙，如果你不介意的話可以麻煩你進來陪一下桐桐嗎？我廚房都在開大火，怕桐桐跑進去，可是他又喜歡跑來外面玩，我實在是有點分身乏術……我老公又不喜歡請保母，我看桐桐好像很喜歡和你說話，我可以給你鐘點費。」

「可以啊，我剛好在等人，大概也要一小段時間。」虞因見年輕媽媽大概是真的很忙碌，忙到只能拜託他這個見過一次的陌生人。「可是我進去沒關係嗎？我和你們家不太熟……」

「你應該是警方相關人士吧，我剛剛在客廳時有看見你和警察一起進對面那家，後來你出來也都和警察打招呼。」徐馨云撥了下頭髮，露出笑容。「那就不是壞人，何況我有你的名片，如果你想做什麼，我老公也不一定會放過你。」

原來這個年輕媽媽根本已經注意過他了嗎。

虞因本來以爲對方只是個普通的家庭主婦，現在立刻改觀。他覺得對方可能在那天就已經查過他的底細，所以才這麼放心提出請求。

「哥哥可以陪我玩了嗎？」不了解大人之間細微的暗潮洶湧，桐桐發出歡呼，眼睛整個亮起來。

「哥哥會陪你玩一下下，等等就要回家了，桐桐你乖乖不要太麻煩人家喔。」少婦摸摸兒子的頭，然後打開大門。「請進，我們家有點亂。」

走進格局截然不同的透天，進屋後可以發現室內裝潢十分豪氣奢華，顯示出主人在這上面投注不少錢，不過因爲有孩子，地上不免有些玩具與小物品，相當貴的石料牆面也被畫了幾個彩色塗鴉。

大廳面對前院是整片的落地窗，窗簾一半拉了起來，難怪少婦可以很清楚注意到外面的一舉一動。

「這邊點心飲料隨便用。」少婦很快端上一大盤水果糕點，還有一壺新鮮的現榨果汁。「燉菜也快好了，等等看你要不要打包一些回去，我煮了很多。別看我這樣，我對自己的手藝還是很有自信，我老公當初就是愛上我做的菜，才一直死纏爛打要結婚的。」

「啊，那我就不客氣了。」邊道謝邊接過對方倒滿的杯子，虞因見對方似乎並不是很急著要去顧菜，反而笑吟吟地坐在沙發裡，氣定神閒的模樣與在外頭有些緊張的態度不太一樣，他突然覺得對方找他進來陪小孩或許不是主要目的。想想也是啦，再怎麼缺人幫忙，正常人都不至於在路上隨便抓個陌生人進來。「請問有什麼不方便在外面說的事情嗎？」

徐馨云先摸了摸孩子的頭，溫柔地開口：「桐桐先上去房間擺火車好嗎，讓哥哥看你的大火車房子。」

「好啊！我去幫火車蓋房子，哥哥等等上來看火車！」像是想要展現珍貴寶物，小男孩很開心地往樓上跑去。

找了藉口讓兒子離開，徐馨云直到聽見樓上關門聲傳來，才慢條斯理地彎下身，自桌下取出個漂亮的珠寶盒。「我老公因爲職業的關係很討厭與警察有牽扯，但小雪眞的是個很乖的女孩子，她以前來這裡陪桐桐時經常和我學做菜，說我燉的菜很好吃，如果有一天他們家沒有那個男人，她就可以好好煮給媽媽和弟弟吃。」少婦看了眼廚房方向，眼中有些許的憐憫與嘲諷。爲了那個女孩子，她不時接濟對方母親，原本想盡量看能不能幫忙到孩子成年自立，然而那孩子卻在學會這道菜之前就沒了。「在外面有我老公的手下不太方便，這東西就交給你吧，唯一的條件就是無論如何都不能說是我給的，而且我也不會出面作證。我老公極討厭那一家子，以前說過不要再讓小雪來家裡陪桐桐，也不許我和警察有任何接觸，不管你們需要什麼我都不會幫忙，也不會承認有協助過。」

少婦從珠寶盒裡取出一個隨身碟，放到桌面上，塗著高雅淡色指甲油的兩指按著隨身碟往前推。「如果你同意，你就可以帶走。」

「好，我會保密。」虞因收起白色的隨身碟，點頭同意。「絕不造成妳的困擾。」

「如果你們能找到害死小雪的凶手，記得偷偷地來告訴我一聲，我也想看看到底是什麼樣子的人要殺死這麼平凡的小女孩。」少婦冷冷說道。

「……不過妳怎麼會想要把這個交給我？」雖然不清楚裡面的內容，但虞因猜想應該和江雪穎有關，否則對方不會說那些話。

「說來你可能不信，最近我時常夢到小雪，她在一片黑暗的地方，光著身體只穿著內褲，一直哭求我幫忙她……所以我想這樣可能可以幫到她吧。」徐馨云神色一斂，又回到原先有點散漫的主婦樣子。「那就麻煩你陪桐桐玩一會兒吧，我還有幾樣菜要準備，樓上也有小冰箱，這邊吃吃喝喝都可以自己來，不用拘束。」

知道對方的談話就到這邊結束，虞因道謝過後站起身，直接往二樓走去。

房間裡的桐桐已經把火車和鐵軌蓋好大半，確實是個非常大的火車玩具組，最亮眼的是國外某知名車站的縮小模型，看起來其實根本是收藏等級的東西被小孩擺在地上，興奮地等著他過去誇獎。

虞因坐下身，開始認真地陪小朋友玩起火車過山洞。

□

兩個小時後，虞因帶著一個保鮮盒與被硬塞的鐘點費離開桐桐家，與不知道在外面等多久的聿直接打了個照面。

幸好他有想到要傳訊息告知，不然聿恐怕又要對他精神攻擊了。

「我剛賺了一千和一盒菜。」虞因回頭看了眼透天，桐桐站在落地窗前開心地向他揮手。那兩小時他可是卯起來陪小孩組裝各種東西，他爸肯定是個不知道幾歲小孩該玩什麼的人，看到好看的通通買回來，小孩捧出好幾盒模型請他幫忙時，虞因還真有點傻眼。幸好裡面的配件都已經被拆好分袋裝著，很快就組裝好簡易型的兩、三個模型房，外加以前那個靠杯的死線拼圖經驗，讓他覺得這些東西其實也沒那麼難呢。「剩下的車上說。」

聿沒多追究什麼，直接跟上回到車內。

虞因打開平板，把徐馨云交給他的隨身碟打開來看。裡面是四段影片，其中三段時間都是在兩個月前，當中兩段是江雪穎與一名年輕男子爭執，傍晚大約六、七點左右的時間，他立刻認出那是羅鎬辰，白柴在旁側吠叫，兩人很快就不歡而散；第三段影片也是類似畫面，但這次吵到一半突然有另一個男人衝進畫面裡擋在江雪穎前面，羅鎬辰悻悻然走了，臨走前還用極為挑釁的手勢比了比對方，代表不會就這樣善罷甘休。

另個男人他當然也認出來了，就是至今找不到人的莊政豪。

徐馨云不知道為什麼特別保留下這幾段影片，不過他猜想大概是因為那幾天他們吵得比較凶，所以少婦基於某種理由才特別保存了記錄。

點開最後一段影片，這段影片的時間是在一個半月前、狗死亡那段時間後兩天的深夜兩點多，監視器拍到有兩抹鬼鬼祟祟的身影翻進莊家圍牆，兩人都是穿著連帽的長袖外套，兜帽壓得很低，完全看不出面目。

這兩人並沒有驚動沉睡中的莊家人，快轉之後發現他們在四點多步行離開。

「羅鎬辰那群人裡的人。」聿看完後對第四段的深夜兩人組下了結論，「體型一樣。」

「他們進莊政豪家幹嘛呢……」虞因不由得想到莊政豪那個很像遭小偷的房間。

「他電腦也被動過，不過他鎖碼，可能還沒被刪。」聿簡單地說了下剛剛莊政豪房裡的狀況。簡單來說，就是莊政豪對自己電腦的隱私太過小心，上了好幾道鎖，必須花一點時間解除。

這方面交給那些員警就行了，所以他確認狀況後就先退出來等虞因。

把影片複製一份下來，虞因下車去找虞佟，偷偷將東西交給他並說了下徐馨云的立場和要求，在不願意出面上特別強調，虞佟想想表示知道了，順便把還想在這邊閒晃的傢伙趕回去。

上車後兩人也沒說什麼，聿直接把車開回工作室。

比起聿，這段期間下來，虞因覺得反而是東風比較會招呼客人，畢竟他以前也曾獨自工作過，雖然大多時候是用寄賣的方式，不過還是與不少訂製戶有往來，記憶缺失下依然不改原本的個性。平常東風自己在店裡時會認眞地接待訪客，換成聿獨自在店裡的話，他會乾脆掛牌直接鎖門假裝沒人，完全無視按門鈴、打電話的非預約戶。

他們回到工作室時，東風正好送走買了最後一盒點心的客人——即使聿不理人，他的點心還是很搶手，經常不到下午就賣個精光。

「你們是不是又惹上什麼麻煩啊？」兩人一進門，東風突然劈頭就來這句。

「啊？」虞因滿臉莫名。

東風把「休息中」的牌子掛上，鎖好門後招招手，帶著兩人進到裡頭的小房間。一看見被綑在地上的人形生物，虞因整個雞皮疙瘩都炸了。

「怎麼回事？」那個人形生物——被蓋布、呃，被蓋黑色垃圾袋的人，遭到細麻繩綁起，虞因無言地看著平常裝大型垃圾的垃圾袋和有時候會用來打包重物的麻繩……還真是物盡其用啊。幸好東風還記得不要把人悶死，有在垃圾袋上方剪了個洞，裡面的人也似乎仍昏迷著沒任何掙扎。

「大概一個半小時前吧，這個人突然闖進來，我只好把他先拖到這裡了。」東風揉揉痠痛的手臂，覺得幸好他們有推車，不然他就得考慮把人分塊處理了。

「你中間好像省略你怎麼把他放倒的。」虞因看著明顯是高大男人身形的不明人士，再看看小對方一圈的美少年。

「這你就別計較了。」東風把垃圾袋口撕開，露出裡面中年男子的臉。「認識？」

「不認識。」虞因搖頭，他是真的不認識。這個昏迷的男人比他高了一點，身材健壯，方方正正的臉沒啥特色，只有右額上一顆痣比較有記憶點，剃著平頭，大約三十多歲，乍看真的滿路人的。

蹲下身來察看，才發現東風拿強力膠把對方的十根手指都黏住了，順著看下去，還發現他八成把最後的膠都倒在入侵者的褲檔裡面，這讓虞因生出種不明的胯下痛，突然覺得這人今天回去脫褲子時一定會生不如死。

「你受傷了嗎？」

「沒……」東風才剛搖頭，旁邊的聿突然拉高他的袖子，手臂上大片瘀青直接顯露出來。

「我抽屜還有一條膠，把他頭髮和鞋子裡面也淋一淋吧。」虞因馬上面無表情地開口。

尚在猜測這個莫名其妙的男人到底是誰之際，屋外突然傳來尖銳的煞車聲，幾聲砰砰重響後，隨之而來的是工作室外東西被砸的巨大聲音。三人在小房間裡沒被波及，但虞因衝出去時，對方也已揚長而去，他只看到房車的屁股消失在街頭轉角處。

轉過頭，看見的則是被砸壞一半的招牌。

還真是衝著他們來的。

虞因回到店裡，東風正好在回放監視畫面，可以很清楚看見是台普通的黑色房車，兩名大約二十多歲的男子跳下車，拿著鐵棒就對著招牌亂砸，之後飛快地上車離去，整個過程異常快速，顯示他們目標明確，沒有任何滯留的打算。

看著「訓練有素」的攻擊，虞因不用想太多，直接撥了電話給虞夏，一接通就開口說：「二爸，我們被砸招牌了，你是不是有嗆人？」

最近會被砸店的事情並不多，他們這邊的客人都是一般平常人，他兩個老爸手上的案子如果有什麼危險性應該早被砸了，而且對方顯然給的是立即性的警告，表示他們家近期有某個人激怒了誰，那就不難猜了。

江雪穎、莊政豪雙方家庭都是一般家庭，江雪穎的雙親現在去認屍，根本沒心情做其他事情，徐馨云才剛提供幫助且相處愉快，上次來找碴的郭博昆還沒醒，小弟們吃虧之後也都縮起來，那也就剩下今天兒子被逮的人，或兒子的朋友想給他們個警告了。

羅鎬辰本身凶狠，他老子不但沒有好好勸阻還經常幫忙擦屁股，意圖壓下所有事情，可見家教是什麼德性。

虞夏沉默了幾秒，丟過來三個字：「知道了。」

「還有一個在我們店裡，找個人來回收。」

「你們不要亂來，小伍等等過去。」

掛掉電話，虞因三人又把昏迷的陌生人捆一捆，繼續關在小房間裡。

反正查身分這事情，等等丟給警察處理就好了。

□

後來，江勇忠夫婦兩人還是確認了女兒的遺體。

沒有預料中的呼天搶地，也沒有在家時候那種驚天動地的互相責怪謾罵，兩人失魂落魄地連怎樣回到家都不知道。根據留守的員警說，兩夫婦一人坐在客廳裡，一人坐在車庫裡，好像靈魂丟了似地整個晚上都沒說話，那小兒子則是鄰居接過去暫時幫忙照顧。

入夜後，周秀美才像是想起來得處理女兒的後事，先往娘家打了電話，再機械式地繼續向婆家報告這個死訊，陸續地再打幾通必要的電話，整個過程極為安靜，如同反射動作一般，接著搖搖晃晃地走去廚房。

幸虧當時在場的女警比較機警，立即跟進去，才發現周秀美用水果刀割腕，將她及時送醫搶救，但因為婦人下刀太狠，出血量太大，人還在昏迷中，暫時沒有甦醒。

被留在家裡的江勇忠看著騷動從眼前經過，然後走去廚房，盯著地上那灘血，一句話都說不出口，罰站般毫無動靜，讓留守的員警也很擔心，更不敢隨便離開。

而莊家那邊，丈夫與女兒回來後聽聞江家的事與家裡可能遭小偷，也相當配合，讓警察把主機帶回去破解，希望可以在裡頭找到關於江雪穎的消息。

「那個羅鎬辰完全不開口。」

吃過晚餐，虞因接到大人們不回家的通知和一些後續簡易的狀況說明後，看著兩個小的，聳聳肩。有律師罩著，是很難強迫羅鎬辰開口了，所以只能針對那些一起被抓回去的小混混們展開偵訊。

「不意外。」抱著筆電邊看上面資料的東風丟了句過去：「他如果講錯話，那個律師就該辭職了。」

另一端同樣抱著筆電的聿連開口都沒有。

沒多久，兩人終於把手上的工作完成——他們正在處理從江雪穎電腦弄下來的資料；然後沒用處也不會分析大量數據的虞因只好肩負起熱晚餐、喊人吃飯、吃飽洗碗，現在順便給他們兩個倒茶切水果的任務。

「有了，果然在這裡面。」隨著東風喊了聲，另外兩人立刻靠過去。東風和聿分別修復一半被刪除的檔案資料，江雪穎電腦被刪改得比他們想像中還多，一番忙碌下來，果然從裡面找出了一個檔案名與內容物天差地遠的報表。

這個報表是身為男友的羅鎬辰從對話中傳給她的，由復原的通訊上來看可以知道是誤傳，羅鎬辰甚至命令江雪穎第一時間刪掉，而現在可以知道，江雪穎出於不明原因保存了備份檔案在電腦裡。

與所有被刪掉的對話核對，比對出了讓虞因也覺得有點毛骨悚然的真相。

江雪穎和羅鎬辰約是半年多前從網路上認識的，因為活動區域相近，所以很快便熟稔起來，對話一開始和普通人之間的相處差不多，認識兩週後開始交往，談的也都是正常男女朋友會說的話，甚至部分很肉麻。進展到一個月時開始有不少視訊對話，其中有些比較火熱的相片對傳就先按下不提了，這些平常情侶的交往聯繫大約是在三個月前開始變調。

起先是羅鎬辰經常約江雪穎到奇怪的地方約會，江雪穎也常逃家蹺課赴約，更在男友慫恿下辭掉桐桐那邊的打工，所有的時間都用來東奔西跑。有時候是在鄰近縣市的奇妙小店，有時候是在別區的集會場所，羅鎬辰如果抽不開身，會要求女友幫忙跑腿送東西給朋友。

虞因長時間和阿飄與各種案件有接觸，所以就他看來，他們現在復原的這些對話記錄無疑是眼睜睜在看著一個原本只是怨恨家庭、想要早點長大脫離現況的女孩，慢慢被染黑至連自己開始替人販毒都不知道。

過去的她持續朝著這條路走下去，直到她驚覺男友態度不對、想要找人幫忙時，已經陷得很深了，僅只能找住在附近的網友、也就是莊政豪吐露苦水。

從對話看來，江雪穎很確實地告知了莊政豪她在幫忙「拿給朋友」的東西不對勁，她感到害怕和不知所措，但想不出還有誰可以幫忙。

一天到晚吵鬧的父母、過小的弟弟、同情他們但不想管他們最終會得到什麼報應的鄰居、只會說青少年叛逆愛蹺課的學校、一樣白目高傲的同學，還有連個垃圾父親都沒辦法趕走的社工。

這些全部都不是她的選擇。

對話那端的莊政豪可能是唯一可以幫忙的人了，畢竟從她的角度看，莊政豪不但成年，而且還有收入可以自行運用，沒有家人管，想去哪裡就去哪裡，比她自由很多。

「可惜莊政豪的狀況也不是她以爲的那樣。」虞因搖搖頭，就他對莊家所知，莊政豪在聊天上其實膨風了不少，所以誤導江雪穎以爲他的金錢運用和自主空間很高，殊不知莊政豪自己平時也是打打工，微薄的積蓄連讓自己從原生家庭搬出去都無法。

莊政豪被刪除的那些對話就是江雪穎詢問他該怎麼辦的記錄，隨後江雪穎告知會把這些記錄刪除，以免被男友看見。很顯然他們當時就知道「包裹」是什麼東西，江雪穎也從裡面偷偷地弄出一點點，就是被警方找到的那一小部分，兩人一直在討論要不要報警，但報警之後該怎麼辦？

江雪穎提議直接離開這個地方，搬到外縣市去，這樣一來羅鎬辰等人就找不到她了——很典型青少年的想法，而且屆時羅鎬辰一群人會被警察抄走，根本沒時間找他們麻煩，況且對方不一定會知道報警的人是他們。

莊政豪則是反駁這點，羅鎬辰父親的身分明擺在那邊，而且警察也不可靠，很可能會洩底告訴羅鎬辰是誰密告的，這樣他們就算想逃也很難逃。

沒多久，就出現了羅鎬辰誤寄報表給江雪穎的事情。

當下沒有依對方所說刪掉檔案，江雪穎打開報表，內容和今天他們所看見的一樣，是幾十筆用奇怪代號寫成的帳本，乍看看不出來是和誰、到哪邊交易，連交易了什麼都是代號，唯一可知的是上面金額不小，其中有許多與江雪穎「送貨」的日期、時間吻合。

聿和東風做了簡單的比對，羅鎬辰驅使江雪穎幫忙送東西的對話記錄與日期都核對得上，裡頭確實有很多交易資料是在江雪穎不知情的狀況下完成。

接著中間有好幾段語音交談，這部分就不知道莊、江兩人在說些什麼了。只知道幾天後江雪穎回了一段「就按照上次的方法做好了，你一定要幫我喔。」這幾乎就是他們最後的對話，沒多久，江雪穎就從這個世界徹底消失，再也沒人知道她去了哪裡，直到這兩日尋獲她的屍體。

而在這段期間，她和羅鎬辰的對話也出現了變動，羅鎬辰開始發現她越來越推脫，送貨配合度不高，而且有想要重新找打工的想法，於是對話越來越火爆，甚至有幾次乾脆直接上門找她要問個所以然、質疑她劈腿附近鄰居，那幾段被監視器錄到的，應該就是羅鎬辰拖著人想要江雪穎指出劈的那個鄰居家住哪的畫面。

江雪穎本人則是都推說因爲家裡父親濫賭有債務問題，她要多爭取一些生活費，好以後搬出去。確實羅鎬辰也知道江父濫賭，先前經常慫恿江雪穎搬去和他一起住。

其實從比較早的記錄中可以看出江雪穎不是沒心動過，有兩、三次都已經鬆口說過兩天看看，不過最終還是沒有同意，直到離家前那幾天，羅鎬辰傳來訊息——是不是妳在搞鬼？

江雪穎自然全盤否認，再次重複解釋先前拒絕送貨、想去打工，是因爲要存錢離家的關係，不想要靠別人，而且也沒有劈腿，上次的男鄰居是她學長云云。

可能羅鎬辰自己也沒什麼證據，最後放軟姿態，只叫江雪穎有空出來玩，最近搭上了一些會玩的，要讓她見識見識大場面。

這對情侶的最後對話差不多就是這些，之後包括羅鎬辰在內，有許多人的對話記錄因不明原因全數被刪，不過其他人僅只是江雪穎的一些玩伴與同學、鄰居，平日對話也都是打鬧嬉戲，沒有特別可疑的地方。

所以不同於莊江兩人自行刪除的部分，後面這些被刪除的比較奇怪，看似要隱瞞什麼才多抓幾個人來混淆。

最後這段期間，江雪穎到底有哪些舉動引起羅鎬辰疑心？

虞因一邊把這些復原的檔案傳給自家老子，邊想著這個問題。

還有羅鎬辰那邊到底幹了什麼，讓阿方他們不得不動手想對人不利？會連他都保密，是事件很大條？

雖然很想打電話去問問，不過虞因知道上回阿方的態度已經明顯表現應該是不會再進一步告訴他更多內幕了，可能是基於某些危險的理由，不想把他們捲進來。

「這個代號看上去大概要花點時間了。」東風和聿兩人盯著報表上的各種奇怪圖形，聳聳肩。如果是暗碼，他們應該可以很快破解，這些小圖案看起來應該只有羅鎬辰本人或相關人士才知道代表誰，用江雪穎手機上的記錄回推，必須要花些精神才行。

「你去休息。」聿轉向虞因，「有發現叫你。」

他們兩個的態度其實相當平常，就事論事，畢竟虞因對於回推暗碼這種事情並不拿手，沒必要三個人一起熬夜發呆，所以覺得沒事的那個人就不用浪費體力。不過常常就是這種時候，虞因會暗暗覺得自己果然不如人啊，大家都在忙，自己只能滾去睡。

「你好好地休息完，才可以去跟活人問出更多事情。」顯然察覺到對方想法的東風和聿一起抬起頭，眼神坦率筆直地看著有點萎靡的第三人。「從一開始發現這些事情到找到屍體，就是因爲你而問出來的，不是嗎。」

如果今天換成東風或聿任何一個，他們兩人都不覺得自己會有那種耐心與諸多人打交道，慢慢地問過去。

虞因愣了下，看著另外兩人，淡淡地勾起唇，明白他們的好意。「好吧，那我先去睡了，有什麼發現再叫我起床。」

「快去吧。」

□

對不起……對……對不……

從低低抽泣聲中醒來時，虞因原本還想看一下時間，然而一手摸過去沒有拍到自己的手機或是鬧鐘，非常直接地單掌落空。

猛一踉蹌，他才發現自己站在長長的白色走道中，冰冷的空氣帶來微薄的消毒水味，蒼白的燈光在天花板上閃爍，光影錯落讓黑暗與明亮互換交替，走廊底端的黑色身影也跟著時隱時現。

站在那處的孤單身影低垂著頭，哭泣的聲音斷斷續續，並傳來腐朽的氣味，還有不明、令人嗆咳的煙味。

「祢在對誰道歉？」虞因轉過手臂，這次沒有出現那道傷口，也沒有其他不適。或許是因為找到屍體了，祂再次出現時已經沒有那種好像電波接不上的掙扎感，現在站在那處的纖細身體在動搖的黑暗中緩慢地抬起手，指向他旁邊的方向。

虞因跟著轉過頭，走廊牆面上不知什麼時候多了許多扇窗戶，只是每一扇都是黑色的，唯有他身邊那扇裡頭出現了人。準確地說，是躺在病床上的人，而且他們還認識，那人是周秀美，江雪穎的母親。

因爲搶救得及時，周秀美並沒有喪命，而且顯然在深夜裡已恢復意識，整張蒼白的臉直勾勾地看著天花板，虛弱地張著嘴巴喃喃自語著。

專注地仔細聽了一會兒，可以聽見隱隱的說話聲。周秀美正不斷重複著一樣的話：「怎麼會這樣……就沒了呢……我造了什麼孽……」

「只是吵架……那是家啊……只是吵……」

「爲什麼就沒了呢……」

只是因爲吵嗎？

虞因看著失魂落魄的婦人，說不出來應該要怎麼安慰她。

當一個家無時無刻都火爆吵鬧或者讓人無法徹底安心時，外在的勢力就會趁機腐蝕原本該提供保護的堅實堡壘，這應該已經是人人都知道的事情。

雖然今天江雪穎是因爲更多外來誘因，或是她叛逆個性的影響，但最初令她不想回家的關鍵，就是那個「只是吵」。

光影閃爍了下，少女烏黑的身影突然出現在虞因身邊，差點把正在沉思的他嚇了一跳。

全身都被黑色淤泥包裹的亡者露出一雙血紅眼睛，毫無情緒地瞥了他一眼，又轉回去看著躺在病床上的婦人。

不知道是不是心有靈犀，婦人這瞬間猛然轉向他們的方向，而且直接從病床上翻起身、摔下病床，一張蒼白的臉瞬間扭曲起來，不管不顧地用力撞上窗戶，神情恐怖地喊道：「小雪！小雪！是不是祢——媽媽去陪祢——」

尖叫聲把醫護人員引來，在她打開窗的同時將人拉了下來。

虞因看著被拉開的縫口，他們這邊的窗戶從打開的位置看進去並不是病房，而是一整片的黑暗。

隱約地，從那裡颳來一陣極爲冰冷的風，幾乎要刺進骨頭的那種寒冷低溫。

在黑暗遙遠的那一端，似乎有一盞紅色燈籠輕輕地搖晃著。

窗戶被護理師關上，黑暗的景色再次消失。

他回過頭，看見漆黑的少女緩慢地抬起手，豎起手指，比了「1」。

一個……還有……

「還有誰？」

這問題並沒有被回答，少女伸出剩下的手指、合起，直接往虞因胸口用力一推。

他往後踉蹌了兩步，猛然踩空，這瞬間才發現身後完全沒有任何退路，他只能眼睜睜地看著自己往後摔進黑暗巨獸的口裡，而在上方的黑色少女冷冷地看著他，直到最後一點亮光消失。

一個……

8

「老大！我找到了！」

大清早，虞夏提著一袋熱飲進門，迎面就一團東西朝他衝過來，幸好他意識還在，沒有因爲熬夜腦袋不清楚就反射性把這團物品直接摔出去。

一雙眼睛同樣熬夜顯得通紅，頭髮被自己扒得亂七八糟的小伍，很興奮地咧著大大笑臉在他上司面前煞住腳步，渾然不知剛剛差點要吃過肩摔了。「我找到玖深說的那個引擎蓋裝飾了，而且超靠杯的，這東西根本一直在我們這邊！」

「哪裡？」虞夏瞇起眼，直接把飲料塞給對方去發放，順手接過照片。

「郭博昆！姓郭的車蓋上有這個東西！」小伍指著照片上的黑色房車，喜孜孜地說道：「因爲姓郭的一直沒醒，昨天半夜我突然就順手調了一下他手機的相片，結果發現原來他車上有這玩意，跑去看了他的車……還好他停在付費停車場，發現他車子近期一定有整修過，但是裝飾品沒有換，上面有疑似血跡的痕跡，已經拜託玖深他們去一趟了！」

郭博昆嗎？

虞夏還眞沒想到會和江家的事情扯上。

「我等等過去看，你們東西喝一喝滾回家睡一會，都快變喪屍了。」虞夏盯著不修邊幅亂七八糟的同僚，思考著把他這種邋遢樣拍起來寄給他女朋友會發生什麼事情。

「好喔……」興奮完，小伍垂下痠痛的肩頸，提著沉重的飲料袋，像個喪屍一樣走去發給其他還在辦公室裡的同事。

看著已經快要不是人類步伐的同僚，虞夏好笑地搖搖頭，直接往自己辦公室走去，順便快速發了幾條訊息給其他人去處理郭博昆的車子，與對方入院之後被他們代管的隨身物品，看看有沒有辦法探出和江雪穎有關係的情報。

如果上頭的血跡眞的是來自江雪穎，那麼郭博昆和江勇忠會混在一起，眞的是純粹的巧合嗎？

又或者是在惡意監視死者的父親，好讓他沉迷賭博，沒心思去找離家出走的女兒？

而自家小孩那天看見江雪穎想要郭博昆死，應該也不是所謂的碰巧了。

從羅鎬辰手機上的各種資料與對話來看，虞夏基本上可以確認他們一群人有參與販毒，加上聿他們傳來的報表就更篤定了，只是處理這些還要耗費些時間，不知道能不能趕上羅鎬辰被放出去之前有更進一步確切的證據讓他出不去。

盯著桌面上各式各樣的收集資料思考，虞夏突然想到些什麼，才要撥電話，辦公室便被敲了兩下，旋即有人打開門，進來的還是張熟面孔。

「阿夏，好久不見啊。」戴著一頂鴨舌帽的凱倫迅速閃身進來，立刻關上門，還順手把旁邊窗戶的百葉窗放下來。

虞夏注意到他身上掛著的是訪客證。「你們在追什麼線？」會這樣來找他，八成是又在追查什麼販毒大案且不能暴露身分，但又和他們扯上了關係，所以才偷偷摸摸地混進來。

「『小可愛』的上游。」凱倫拿下帽子，抓抓染成白金色的短髮，略顯年輕的臉笑了笑，左耳還打了個耳洞，顯然他已經混出了新身分。「聽說你們這邊接觸到下游，所以我來打招呼一下，如果可以看能不能給點什麼參考。」

虞夏想了想，把江雪穎的命案與目前可能牽連到的人事物告訴對方。

沒想到凱倫聽完後皺起眉，露出一個不太好的反應。「這個羅鎬辰是下線，在我們的名單上，最近我們也收到有人想要處理掉他的風聲，向上他父親也有牽連到上游……這麼說吧，有幾家私底下提供『小可愛』的店家都和他父親有點關係，背後查上去可以查到議員家族相關企業合作的影子。」

「你們的目標是老還是小？」虞夏一聽就知道凱倫那邊的人打算要順著議員去挖掘出更大的魚，所以才會先來和他打招呼。

「老的，所以小的盡量先不要翻出他和毒品案有關，後面那條很精，我們布線快一年了，到現在還只在門外。要不是這次小的在國外鬧事被趕回來，私底下偷了他老子一口飯自己出來送便當，可能還沒那麼順利。」凱倫斟酌了一會兒，繼續說：「這邊就麻煩你們配合了，到時候請你們吃飯啊。」

「盡量吧。」原本打算從毒品下手強硬把人留下來，這下虞夏也只能考慮別的方式了。不過他還是把江雪穎和羅鎬辰兩人手機中得到的報表讓對方複製一份。

打開一看，凱倫嘖了聲：「你們破解的人很厲害啊，該不會是聿他們做的吧，大致上方向沒錯呀，給點時間就會被他們全破了。不過我們這邊已經有不少暗碼代號記錄，我私下給他們倆去玩，你別通知你上司也別通知我上司，大家假裝都不知道這回事，完全破解後再給我一份，ＯＫ？」

凱倫這個意思就是想把也困擾他們、還沒破譯的部分丟給聿他們處理了。其實整個就是在取巧，不過基於可以更快破案的立場，虞夏還是接受對方的提議，他信得過凱倫，只要他們自己不聲張出去，基本上外界只會以爲是警方破解暗碼，不會讓聿等人有危險。

兩人稍微交換手上資料，虞夏突然想起另一件事。「郭博昆這個人你們那邊有底嗎？」

「郭博昆？喔，是個跑腿，原本不在這縣市，前陣子被我們其他區域的弟兄追得緊了，流竄到這裡打零工，不過私下是來找姓羅的投靠，兩人有點關係，羅大魚就讓他幹點跑腿的工作，平常就狐假虎威囉。」凱倫也知道郭博昆不長眼去堵到虞佟的事，不過和跑腿無關，而且郭博昆後來出意外送醫了，他們就沒有加強盯梢。「對了，昨天砸阿因招牌的是姓羅的人，你是不是亂嗆人了，他叫了幾個跑腿遮頭蓋面去砸招牌要給你們警告，這兩天自己小心點。」

「嗯，知道。」這件事情虞夏心中也有底，逮羅鎬辰時因為憋著一股氣，的確是嗆得過頭。羅鎬辰老子的舉動很簡單易瞭——「你動我兒子，我就動你兒子」。

所以這兩天雖然虞因等人沒有注意到，不過住家和工作室附近其實有警方在監視保護。

「那先這樣了。」打招呼的目的達成，凱倫也沒打算多留，整理一下衣裝，鴨舌帽蓋回頭上，確認周圍狀況後一溜煙便跑了。

看著重新關上的門，虞夏手指敲著桌面在心中思量。

毒品嗎……說起來，那個人該不會……

猛地想起所有呈回來的報告，虞夏立即翻找桌上那些紙張，很快就在裡面找到自己所想的那件事。「還真的是這樣，該死！」

敲了下桌子，他直起身，正要去把變成喪屍的小伍喊回來，身上的手機又響了，這次來電顯示是聿。快速地接起，對方只匆匆地說了一句讓他想再罵一次該死的話——

「阿因又不見了。」

□

他不知道自己現在在哪裡。

虞因有點茫然地走在陌生的草叢裡，四周非常安靜，江雪穎將他推落之後也不知道過了多久，他再次醒來時天色還是很黑，周圍什麼建築都沒有，只有一整片成人高的雜草，沒有照明，只能無頭蒼蠅般不斷地走動。

雖然赤著腳，理智上知道走在這種地方應該會被割傷和有痛感，但奇怪的是他一點感覺也沒有，只覺得自己還必須再走，更深入一點地走進去才行。

他可以感覺到前方有人在走動，不過不管怎樣加快腳步他都跟不上對方，就這樣被帶路般隔著一段距離，聽著草叢被撥動的聲響前進。不曉得走了多久，他開始走上坡路，坡道越來越陡，到後面簡直要手腳並用地往上爬，費了相當大的力氣才往上一段，過了好一陣子，才讓他摸到小樓梯一樣的踩踏點。

順著陡峭的階梯，他慢慢走到一扇門前。

接著他聽見門外的歡呼聲，有許多人在那裡又叫又跳，還有某種液體潑到門上的聲音、有人用重物砸上門的聲響，各式各樣嘲諷和殘酷話語自下方被封住的通風孔傳進來。沒多久，他開始嗅到煙味，剛開始是燃燒木炭的味道，接著混雜，慢慢轉變成燒雜物、塑膠的可怕惡臭。

他往後退一步，突然發現身後空間有限，自己所在之處是個雜物間，很快就被惡臭煙霧完全覆蓋。

「放我出去……」

惡臭與煙霧迅速地讓人暈眩，他摀著口鼻用力敲門，換來的是外頭更大的嘲諷聲，接著封在門上通風口的木板被移開，炭紅的東西被扔進來，高熱刷過他的腳底，這次傳來了灼燙的劇痛，逼得他退到空間最深處，逐漸耗盡氣力。

隱隱地，只記得身邊似乎有黑色物體在掙扎，一手劃過那些火光暗下的小炭塊。

迷迷糊糊之際，終於有人開了門，不知道門外的人在咕噥著些什麼，兩人走進來將他從黑色小空間裡拖出去，用力一甩，他再次摔出那個陡峭的山坡，重重地滾到下方。

滴……滴滴……

草叢附近傳來聲響，似乎是手機的聲音，但不是他的……卻又好像是「他」的手機，他覺得這是快沒有電的提示。

滴滴……

至少要報警。

……至少要回家。

他用盡力氣支撐著自己爬起身，四下翻尋著，找到了另外一支電力較充足的手機，他記得這部手機的密碼，但是這裡沒有訊號，他得再走遠一點，找人來救……才行。

這瞬間，他突然有種既視感。

他想起來了，之前他和聿來鐵皮工廠時自己忘卻的部分，這瞬間幾乎和那天重疊起來。

他記得自己從工廠的陡坡滑下來，摔進草叢裡，然後拖著腳步走在現在的路上。那天走過的草叢不像一個半月前的原始模樣，有些地方傾倒了、被壓出一小段路徑，他握著手機重新踏上同樣的小路。

他那天忘記了，他還有另外一個更重要的任務。

遠比起找到自己的屍體更重要的事情。

他還必須……

黑暗的遠方有紅色小小的點微微亮了起來，一小盞紅色的燈籠像飄浮在空中搖晃著，幅度很小，像是有人持著紅燈籠悠悠地緩步走著。

暗夜中傳來飄渺的歌聲。

我從秋一直到春，又從冬一直到夏……

他朝著紅光的方向走過去，看見是個穿紅色洋裝女人的背影，頸部以上什麼也沒有，蒼白的雙手持著紅燈籠，散步似地慢慢走在前方幾步遠的距離。

女人走了一段路後，輕笑了聲，隨著紅色的燈籠光一起逐漸消失在黑暗當中。

他再次聽見熟悉的狗叫聲。

他再次沿著斜坡向上行走。

車燈光向自己衝來時他抬起手，接著看見車子在面前煞住。

沒有像之前衝撞過來把他撞回草叢裡，也沒有之後被推入山上的池塘當中，渾身是血的白柴一跛一跛走過來坐在他腳邊，突出的眼珠子和他一起看著從車上走下來、一臉憂心的人。

他張了張口，這才發現天色是大亮的，太陽懸掛在一邊，周圍的芒草隨風飄搖，那輛熟悉的車當然也沒有開車燈。

「江雪穎是想要求救的。」

被人丟到山坡底下，她再次恢復意識後顧不得身上的傷口或是難堪的赤裸，掙扎著在山裡漫無目的地行走，想要走出一條生路，爲的不是自己的求生，而是愧疚和歉意，讓她徹夜闖出了一條路。

可惜最後的結果不如她所希望。

「莊政豪還在這裡。」

□

麻糬是怎麼回到家的，不如問說麻糬是怎麼到這座山上的。

重新回放那些提供給白柴主人的影像，其實就會發現前兩日晚間莊政豪匆匆牽著機車離開巷子的身影。

可以說，那其實就是他最後的身影。

莊家人並不知道他是什麼時候離家，但現在看來應該就是那晚了，與江雪穎從世界上消失的時間幾乎一致。

江雪穎的對話通訊裡還有個訊息，她離家後一直住在網友幫忙承租的日租小套房裡，用先前存下來的錢度日，直到羅鎬辰在那晚約她出來把話說清楚。

後來警方循線找到套房，因爲超過日期沒有續租，早就被清理後又重新租出去了。

虞因坐在車上，看著員警們搜山。

整個早上下來，隨著正午的空氣越來越灼熱，終於有人從遠方大喊：「找到手機了！」

櫻花粉色的手機被裝袋送上鑑識組的車輛。

進入下午時分，搜查人員再次發出聲響，一輛被拔掉車牌的機車在更下方、更爲陡峭的斷坡前被找到。雖然沒有車牌，不過歷經風吹雨打而有些破敗的機車和莊政豪照片中的幾乎一樣，只要順著機車內部原廠零件與過去做過的維修這兩點去確認，很快就可以知道是不是他本人的機車。

被拉上來的機車腳踏墊上還夾著短短的白毛。

將近傍晚，穿梭在草叢中的警犬狂吠，讓員警們將某塊似乎被翻過地的區域隔離出來，經過了一些時間定位後，人工向下開挖。

沒多久，人群開始騷動。

虞因下了車，看見渾身是血的白柴歡快地發出了渾濁的叫聲，那一身嚴重的傷勢似乎也逐漸恢復了些許，讓祂看起來不再那麼猙獰，反而有點像生前那般帶著活力。

「麻糬，你很棒。」

被打死的白柴始終沒有放棄，帶著痛苦等待有人可以找到祂的牽掛。即使不是祂的主人，只是一個餵食祂的人，狗狗的忠誠與友善依然毫不保留地付出。

白柴又汪了聲，搖晃著尾巴。

「我會跟你主人說你有多棒。」虞因蹲下身，摸了摸白柴的腦袋，雖然手指在空氣劃過，不過面目緩慢恢復的狗狗還是往他的手舔了舔，然後逐漸消失在空氣裡。

旁邊有人走過來，他抬頭一看，是第一個找到他的虞佟，後者臉上還有些擔心，然後開口：「你眞的不先回去休息嗎？」

虞因苦笑了下，蹲在原地看著自己一身大大小小的傷，還有痛得要命的腳，雖然第一時間已做過簡單的沖洗和上藥包紮，但還是很痛，不過他搖搖頭。「我再等一下，應該快要出來了。」他看見江雪穎的身影站在工廠的陡坡邊緣，背對著他們，黑暗孤寂的背影同樣正在等待。

虞佟摸摸自家兒子的頭，也不多說什麼，他知道某些存在就是在等這個結果，虞因既然被祂們帶到這裡，當然會存著要有始有終的心情。

入夜，大燈照明山區。

沒多久，現場採證告一段落，屍體終於被起出原地，千辛萬苦地抬到工廠邊的平地上，相關區域全都拉著封鎖線，蒐證人員還在繼續辛勤地工作。

從開始到現在，虞因看見的一直都只有江雪穎，現在黑色的身影站在遠處，在見到屍體終於重見天日後，緩緩地轉身消失在空氣中。

即使已經有人先來告知過屍體狀況，不過虞因幾人上前後才終於明白為什麼一直沒看見莊政豪——也是因爲這樣，他原先才會懷疑江雪穎的失蹤和莊政豪有關。

現在莊政豪躺在這裡。

挖出來時，腐敗的屍體整個人連同面部是朝下的，眼睛的部位被綁上紅色布條，腦袋後的紅線繫了一塊小小的佛像玉珮，一身衣物都被剝光，雙手被紅線綁在身後，雙腳也用紅線綑著，詭異的姿態讓現場人員倒吸一口氣。

被埋入土時男子似乎沒有掙扎，身上的綁痕毫無抵抗痕跡，光裸的腳底板雖然因時間關係而腐朽了，不過可以看得出來有一塊燒燙傷與部分曾經遭到暴力對待的毆打痕跡。

屍體就這樣被裝入屍袋，抬上車。

後來，收到通知的小伍去敲開莊家的門，將噩耗傳遞給原本以爲兒子只是純粹又離家出去玩的父母親人。

莊家得知消息後，反應比江家當時安靜許多，兩老默默地接受了這個消息，然後請員警在外稍等，讓他們做準備一起前往認屍。

大門微微關上時，屋內傳來壓抑的哭聲。

□

「莊政豪是死後才被埋的。」

翌日，初步的驗屍報告到了虞夏等人手上，檢查報告寫明死者口鼻呼吸道都沒有吸入沙土，是在被埋之前就已因一氧化碳中毒死亡，詳細相關還在化驗，因爲衣物被除去，只剩明顯在死後才被綁上的紅布紅線，均送相關檢驗。

草叢中找到的手機處理過後開機，是江雪穎所有，手機裡存有大量照片，很多是羅鎬辰等人的影像，除了一行人四處嬉戲遊玩的照片，赫然還出現了一群人服用彩色糖果的自拍照，當然也有少女或莊政豪正在餵食白柴的拍攝。

同時，那部機車也被證實是莊政豪本人的，雖然被拔了車牌，車內物品也被丟棄，不過原廠配件可循線查找，車體本身也有大量莊政豪平日使用留下的指紋和痕跡。

現在已經能夠大致推測出江雪穎當日可能和羅鎬辰一起去了廢棄工廠的深夜不明聚會，因爲某種原因他們聯繫莊政豪到場，那天白柴跳上了機車，懵懵懂懂地跟著人類去了遠方，然後莊政豪死於這場聚會中；同時，江雪穎應該原本也是要死在這裡，然而他們被拋棄到草叢時，只是昏迷過去的江雪穎突然轉醒，努力掙扎著爬出山坡，想要找人回來救援被牽連的莊政豪，沒想到好不容易找到道路，卻活活被郭博昆的車子撞倒，隨後被人拋至池塘滅口。

當時倖存的白柴從山裡脫逃回到家，還不知道會餵自己的人已不幸身亡，依舊按照平日的習慣去找莊江兩人，結果被羅鎬辰攔堵，活生生打死在巷子裡。

雖然是這樣推測，通聯記錄也支持這個論點，不過在訊問羅鎬辰等人的過程中，包括他那些四處作亂的同夥，一群人竟然約好一樣沒有一個人開口，狡猾的幾名青年完全讓他們的律師替代開口的機會，用一種看戲般的目光等待警方出招。

連那個膽小的王偉民也跟著緊閉嘴巴，死不回答，就算看見江雪穎和莊政豪遺體的相片，也就是白著臉一逕地否認見過他們，十足不配合。

「其實已經有很多部分都罪證確鑿了，不只販售毒品，暴力、破壞公物，恐嚇，以及打死狗的案子，都足以先送審。」小伍眼巴巴地看著他家老大。那群小屁孩的手機裡已經被找出各式各樣的證據，就算那個律師多麼狡詐，還是掩蓋不了那些罪惡，更別說那幾個智障襲擊別人和破壞物品時還會自拍、錄影，簡直就是免費送證物。

「嗯，先送了，之後黎檢那邊會接手。」虞夏漫不經心地翻看手邊的報告，然後停頓了幾秒。虞因失蹤前他正在看這些，從中找到了郭博昆不時向羅鎬辰這個遠親「批貨」的聯繫，江雪穎也送過幾次貨，所以郭博昆果然是有意接近江勇忠，欠債部分有沒有詐他賭還不確定。「莊政豪的手機和私人用品到現在還沒找到，另外，王偉民繳來的手機也有問題。」

當時逮他們個正著，幾名青少年都在嗑藥沒來得及藏起手機，所以從他們手機裡翻出了所有跡證。唯一和其他人不同的是王偉民，他的手機幾乎全新，據說是一個多月前手機丟了找不到，所以重新買的，以至於他手機內的資料沒有什麼特別的東西。

一個多月前的話……

虞夏不免想起那名青年在巷子裡偷偷摸摸不斷徘徊時被拍下的模樣。

「小伍，你再跑一趟，去查查這兩個月以來各區拾獲、但還沒被認領的手機。」不知爲何，虞夏總覺得王偉民那個來回尋找的動作是個關鍵。

「好喔。」小伍速度很快地跑了。

虞夏看著同僚消失的背影，繼續思考剛剛未想完的問題。

江雪穎的死因很明顯，郭博昆的車飾上也已經驗出江雪穎的血跡，至少可以證明就是這輛車撞上江雪穎……是的，就是「車」。搜查了整部車後，行車記錄果然已經全都被洗掉覆蓋，郭博昆修車的地方顯然也不是什麼正派車廠，竟然查不到他的修車記錄，更別說找到車禍證據，他們很謹慎地處理掉可能會被發現的部分，幸好那個引擎蓋裝飾大概深受郭博昆喜愛或有特別紀念意義，所以被留下來。

但也僅能證明是那輛車，無法證明當時的駕駛是誰。

畢竟那座山上和產業道路都沒有裝設監視器，時間也已經過了一個半月，足以讓他們毀滅物證。

如果郭博昆醒來後咬死不是他駕駛的，警方還得花很大的力氣去排除其他人和收集他的不在場證明。

莊政豪那邊也是相同狀況。

除了與羅鎬辰爭執過，他電腦裡所有聊天記錄都是和和氣氣的，和網友們交好，工作的地方也只是打工，復原的檔案中更沒有其他可疑資料，根本沒有其他會想置他於死地的人。

除了死因是一氧化碳中毒，就沒有進一步殺害他的凶手的跡證了。

莊家完全不知道莊政豪為了什麼而死。

應該說他們根本不知道自己兒子接觸過什麼、和什麼人往來，三餐吃的是什麼，什麼時候睡覺什麼時候清醒，什麼時候出門什麼時候回家。

同屋簷下的親人活得如同陌生人。

但他們和江家不同，沒有吵吵鬧鬧，沒有欠債也沒有濫賭，只是單純的觀念不合，幾句吵嘴，就蓋起想要老死不相往來的壁壘。

虞夏按著額頭，想起莊家的父母，瞬間蒼老許多的莊政豪父親在協助認屍完後泛白著一張臉，搖搖頭，只留一句悔恨的嘆息：「現在說什麼都是多說的了。」

這種事情能怪誰？

不想互相了解，每個人都只想著自己，沒人想要退一步，能怪誰？

「痛痛痛……」

大清早，虞因簡直是跛腳般地走下樓梯的。

昨天雖然就會痛了，不過沉澱一晚、起床之後，各式各樣痠痛手痛腳痛全都一起撲上來，害他差點連床都下不了，一踏到地腳底立刻劇痛，整個人都快廢了。

「活該。」

然後這是他毫無同情心的弟弟一大早送給他的兩個字。

「好歹也可憐可憐我啊。」虞因直接搭在對方肩膀上，不客氣地把這傢伙當成大型拐杖，仗著對方肯定不會給他個過肩摔，得意地跳著腳步進到客廳。「我現在真的有點『不是年輕人了要好好保養身體』的感覺。」

「……滾開。」聿雖然很想把這個得寸進尺的傢伙甩開，不過看在他一身是傷的可憐模樣，還是把人拖進客廳，直接丟在沙發上。

「你這樣子還能動也真了不起。」坐在對面地板上的東風用觀賞蟑螂的目光掃來一眼。「生命力真的很強。」

說起來，他明明是說叫這人去和「活人」溝通，不是叫他直接去找「死人」溝通吧。

「還好都是皮外傷啦，而且也得去和林雯敏說狗的事情……痛痛痛……想說當面跟她說原委比用手機說好。」虞因齜牙咧嘴地摀著不小心踩到地板又一陣劇痛的腳底。大半夜在荒山野嶺遊蕩，好死不死腳底被石頭割了一道傷口，雖然不是很深，但就是很痛，還好現在人都看臉不看腳底板，腳底破相應該不太嚴重，比起來，他比較擔心自己又被芒草割傷的臉。

都已經很難找到女朋友了，要是這張還有點帥的臉留疤，他會很傷心的。

「你還是去當和尚吧，剃光就不用一天到晚在那裡照鏡子。」東風面無表情地丟去一句。

「閉嘴，你這個渾天然美少女。」虞因咬牙切齒地頂回去。

看著兩個互相人身攻擊的低能，聿轉身走去準備早餐。

虞因馬上拋棄無意義的嘴砲，看著東風整理手邊紙張的動作，「你們破解了？」

「嗯，已經傳給警察那邊了。」有了凱倫給的已知暗碼，東風和聿很快便排定出一連串的推算並整合，接著做出破解暗碼的系統表，之後只要對照這套暗碼破解，就能很輕易知道那些報表上寫的是誰、地點在哪裡，甚至更深一點的資訊如交易記錄，都可以解開。這無形可以讓緝毒那邊的人跨出很大一步，加快收網速度。「不過我覺得有點危險……」

東風停下動作，皺起眉。「總覺得哪裡怪怪的。」

「不用擔心，警方那邊只有我二爸和凱倫知道破解的是你們，加起來也就我們五個人知道，外人是絕對不會想到你們身上。」虞因當時其實也覺得有點危險，不過保密做得很到家，可以確定不至於被連累。

畢竟這五個人全都是可以信任的人。

「哎不對，應該要算六個。」虞因差點忘記，他二爸知道的事情，大爸也會知道，這麼一來就是六個人沒錯。

「隨便吧，你們今天要去林雯敏家的時候注意一下安全，我會去工作室。」東風不太在意到底是五個人或六個人，很隨口地敷衍交代了下。

「所以你們什麼時候才打算好好跟我說明？」

虞因突然蹦出來的話讓東風再次停住動作。

什麼時候才要好好說明急促成立了那個工作室的原因。

對方沒開口，東風還是可以知道他問的是什麼。

「雖然很多事情我可以裝不知道，也不去跟你們計較，可是這不代表我喜歡被你們搓圓捏扁，連一點自主權都沒有。」虞因很認眞地看著對方，慢慢地開口：「我不清楚你和聿基於什麼理由，硬是想要把這件事情混水摸魚帶過，我也可以等你們想好說法給我一個交代，但是你們有認眞地想過要好好和我講清楚嗎？」

他總覺得，如果他不追究，這兩個混蛋大概眞的想要就這樣船過水無痕了。

「……」東風立即沉默下來。

虞因有點頭痛地看著低下頭的傢伙，之前追究工作室的事，不管東風或是聿，兩人不說幹話搪塞他時就是這種反應。

一種「總之我現在不想說，要殺要剮隨便你」的態度。

如果單純只是聿，虞因可以猜得出來聿多半是因爲想要自己拿錢出來創業，然後回報他們家，就像他之前做的一樣。但是聿做的事情以前就在做了，不管是接翻譯那些工作或是做食物甜點配合賣出去，這些都是他原本就在做的事情，如果要擴大個人品牌確實是需要更專業的場所，但維持先前狀況他不一定要弄個聯合工作室，也不用刻意拉虞因下水入場。

這麼一來，工作室冒出來的問題應該是出在東風身上，特別是雖然工作室掛聿的名字，但基本資金其實有六成都是東風拿出來的，聿的沉默比較像是要等東風自己開口，他不想代對方說明。

不過虞因懷疑聿多半也有看好戲的心態在，所以才會跟著拿出那一大筆錢，同意對方用他的名義開立工作室。

「算了，如果你現在還是不想說，我就繼續等。」虞因想著今天又不會有收穫了，要撬開蚌殼的嘴還眞是不容易，不過他也不會給對方好過。「我現在就只問一句，你老實回答我。」

「你想起多少事情了？」

□

「郭博昆醒了。」

黎子泓收到消息時已經是中午的時間，因爲還在對所屬上司報告江雪穎一案的處理方向，所以他並沒有在第一時間去醫院，等到手邊工作告一段落，收到的對方初步問話果然和他們想的一樣。

郭博昆完全否認自己有開車撞江雪穎。

應該說，他連自己有去山區工廠這件事都否認，甚至堅稱他連什麼山區都不知道，之前有朋友向他借車，他也都隨便借人開，根本不去記是誰、哪個時間開走車輛，反正有加滿油回來就可以。

被問到車子整修過，他更是一問三不知，滿口車子怎樣他不知道，他有車可以開就好，根本沒管那些事情。

一聽就是滿口謊話，各種推脫。

人剛醒來還可以這麼流利地說謊應對，表示這些話他已經反覆構想很久了，等著哪天萬一眞的用上時才可以流暢對答。

這反而讓黎子泓等人確信郭博昆就是撞江雪穎的人。

問題是沒當時他在車上的證據。

問及有沒有不在場證明，他也推諉一個多月前的事情誰會記得，反正就是吃喝嫖賭，他不曉得那天又去什麼地方蹓躂，叫警方自己想辦法，他下面那些小弟也都三緘其口，稱不知道郭博昆那天在哪裡，大家都各自找樂子沒注意。

對於這種人，黎子泓倒是不緊張，明顯說謊者可以一一撥開他的層層謊言直到他們啞口無言，就是比較耗時間，如果有更確切的證據當然是最好。

比起羅鎬辰、郭博昆這兩派已經有各種犯罪證據在手的小混混們，他其實更在意羅鎬辰的父親，以及那個半夜致使兩條人命無聲無息消失的集會。

因爲科技的進步，現在有許多非法集會相當隱密，很難查得到蹤跡，顯然江雪穎兩人死亡的最終地點也是如此。不採用虞因那種比較虛幻無根據的證詞的話，實際上從整個工廠也可以看出端倪——清得太乾淨了。

一座正常的廢棄工廠不會那麼乾淨。

就算過了一個半月，還是可以看得出來當初處理這地方的人花了多大心思清潔場地、整頓後續，他們知道這裡平日不會有人來，然而還是異常用心抹除所有可能留下來的痕跡，包括後來員警找出的幾間雜物間也已被刷洗過，竟無法確定莊政豪是死於哪個地方。

這就代表主辦有多小心。

羅鎬辰等人手機裡完全沒有關於集會的邀請或聯絡，復原的記錄中也沒有，倒是可以找到疑似江雪穎死亡那晚，羅鎬辰同一時間給幾個熟人打過電話的通聯記錄，包括深夜他打給他父親的那一通。

那晚江雪穎也打了電話給莊政豪，而莊政豪的通聯記錄最後一通電話正是江雪穎。

「哎，你手機沒電嗎！」

猛地推門闖進來的人打斷黎子泓的思考，他先反射性看了眼把他辦公室門當假的一樣的某法醫，才看了眼被關靜音的手機。

「抓人了抓人了。」嚴司把平板擺在桌上，滑出幾張解剖相片。「這是在江雪穎肚子裡找到的東西。」

江雪穎身上有車飾品痕跡這是之前就知道的事，解剖後消化器官內找到的除了一些當晚吃的食物，還有一枚尾戒。

這枚戒指在他們手上所有檔案資料中，最常出現於羅鎬辰的手指上。

「我打了幾通電話查到這戒指是訂做的，內側有編號，可以查出擁有者，另外玖深小弟那邊在莊政豪家裡找到的鞋印其中一個是羅鎬辰的，那雙鞋子他現在還穿在腳上，江雪穎房間裡有些雜物也出現他和王偉民的指紋。」嚴司走到旁邊給自己泡杯茶，然後拉過椅子坐下。「你想掏的那個集會幕後主辦還沒有眉目嗎？」他這個前室友這麼認眞在想什麼他多少可以猜到，羅家老的小的把柄都出來了，其實現在其他人都不太是問題，扣掉殺人案沒有決定性的證據以外，應該就只有那個到現在還沒影子的主辦讓人頭痛。

畢竟善後做得這麼專業，八成以前沒少發生過類似的事情。

「那……」黎子泓正想提出幾個疑惑，手機無聲地震動起來。隨手一接，那邊很快傳來新的消息。

「有證據了？」

□

在陳闢和聿的陪伴下，虞因再次拜訪林雯敏。

離開家時他有點心事重重的，因爲那個蚌殼一樣的東風還是很敷衍地沒有把話說完，最後只給他一句「再給他一點時間」之後就不肯多說了。

簡直想掐他。

不過想想也是，即使他真的完全恢復記憶，打從心底對過去釋懷，但對未來的新人生他可能還很迷茫，就像一隻被關在籠子裡的小動物，活了十幾年之後某一天突然被打開柵欄，面前是看不見盡頭的草地和森林，雖然邁出步伐，不過卻也不知道往哪邊跑比較好。

如果是這樣，虞因覺得這個工作室或許可以解讀成那傢伙雖然開始往前跑了，但是因爲不安，所以想要其他人陪在身邊一起，只是他不好意思明講。

「明說也還好啊，笑幾天就沒事了啊……」虞因嘖了聲，感覺臉皮薄的人眞難捉摸。

「啥笑幾天?」一邊的某損友疑惑發問。

「沒事。」

稍早前林雯敏已經透過警方得知殺死狗的兩個人是王偉民與羅鎬辰，也看過他們兩人的照片，配合警方調查，當時她很肯定沒見過這些人也沒結仇，得知凶手後當晚又大哭了一場，更不解麻糬到底是爲了什麼死得這麼慘。

基於偵察不公開，有些事情還沒告知林雯敏，不過虞因畢竟不是警方人士，所以避開重點部分，單純與狗相關的還是可以私下用自己的立場先跟對方說一下。

不過在開口前，對方倒是先驚嚇於他一身傷的狀況，和剛才在門口集合的陳關問的差不多，不過陳關這個混蛋很乾脆地直接開口問他是不是去渡雷劫了，還問他以後會不會蓋廟，對此虞因的回應就是直接朝對方的屁股踹一腳。

結果因爲那一腳把自己痛得更加掰咖了。

他深沉地認爲這個姓陳的絕對是他上輩子的冤孽。

總之一行人在林家的客廳坐下。

「我第一次來的時候，的確有看見麻糬。」虞因斟酌了話語，沒有描述狗的慘狀，反而是告知了狗還留在這個房子，並四處走動的事情。

林雯敏一聽，眼淚又滾下來。

「後來因為跟著麻糬，我才會去到另外那邊的社區，間接接觸到另外兩人的狀況。我問過周邊的一些住家，麻糬是一年多前不知道從哪裡遊蕩過去，因為有項圈，街坊鄰居都認為是附近人養的狗，加上麻糬又很有教養不會亂吠和咬人，被整理得乾乾淨淨的，附近一帶的人反而都滿喜歡麻糬的。」在打探江雪穎的狀況時，虞因也問過一些關於狗的事，不想生事的附近民眾雖然不一定會配合警方，不過一般人問起狗，倒還是願意多說幾句話。

「對……麻糬眞的很乖，每次……有人傷心難過的時候，麻糬都會發現，牠經常在我心情不好時陪我……」林雯敏吸了吸鼻子，露出一個破碎又懷念的微笑。雖然寵物已經不在，不過至今她還能感受到那小小的身影存在身邊任何一個地方，彷彿隨時還會回來。

「麻糬晚上都會特別過去一戶人家，那邊正好有兩個人時常會餵牠，就在後來發現麻糬的不遠處。」其實虞因也不確定自己的想法正不正確，但他詢問周邊鄰居時，包括莊政豪的母親在內，附近也有人偶爾會餵食跑來玩的白柴，似乎是可以察覺莊政豪和江雪穎的孤獨，白柴竟然維持了很長一段時間，從自己住家大老遠跑到另一個社區，明明已經吃過晚飯了，卻還是接受莊江兩人的餵食，彷彿在陪伴他們一樣。「我想可能是麻糬……想幫他們。」

雖然這種說法很不可靠，不過現在已知有許多動物會關懷弱小或受傷的動物，而且時常出現跨物種的狀況，尤其是最擅長陪伴的狗。

虞因想來想去，也只能覺得麻糬是刻意過來陪著這兩個人，即使時間很短暫，而且牠也有家要回，白柴還是努力地跑過一條條街道，去到那個地方，讓餵食牠的兩人享受片刻的歡愉，再完成使命般地跑回家。

林雯敏笑了出來，眼淚掉得更凶。

相關的事情來訪的員警多少有說過，不過只限於告知她江雪穎等人有餵食過麻糬，員警談得比較多的是那個不幸的女生，之後確認她完全不知情後就沒再多說什麼，只另外借走以前麻糬喜歡咬、有留下齒痕的東西，說要比對殺狗凶手腳上的傷痕。

所以聽見虞因的想法與說法後，林雯敏在悲傷中隱隱生出了自豪，那是對於麻糬盡力想要幫助他人的自豪感，在她不知道的地方，也有人因爲麻糬的乖巧而能得到一點慰藉，這使得她非常高興自己曾經身爲麻糬的主人。

「江雪穎的事情妳應該多多少少知道了，現在新聞報滿大的。不過最開始，也是因爲麻糬的關係才找到她。」虞因說明了當日從這邊拜訪後，跟著狗去到江雪穎原本的住家附近，之後斷斷續續隨著蹤跡找到屍體。不過簡略掉警方還在追凶的部分，只大略說了一些與狗相關的事，以及後來推測狗跟去了山區，隨後才被殺狗凶手找上殺死。「凶手的報復心很重，很可能是因為衝突之下麻糬咬了他一口，他才會下這種殺手。」

聽著虞因的描述，林雯敏靜靜抓著自己交握的手指，難過地閉上眼睛。

再三地請林雯敏暫時不要將案件狀況透露給外人後，虞因幾人便先告辭離開。

雙眼紅通通的林雯敏將一行人送到門口，打開鐵門時，突然拉著虞因的手問道：「麻糬現在還在嗎？」

狗還在嗎？

這個問題的答案就和第一次來時一樣。

汪。

在主人身邊的白柴輕巧地叫了聲。

狗的樣子已經不是之前慘死的淒慘模樣，而是恢復到生前討喜可愛的樣子，就坐在門邊的狗屋前，搖晃著尾巴。

「在。」虞因點點頭。

林雯敏笑了出來，鬆開手，蹲下身體，雖然看不見狗，但她就像以往一樣看著狗屋的位置，露出溫柔的微笑。「麻糬乖，你不用擔心我……你要安安心心地去當小天使，不要留在這裡受苦，我知道你幫了好多人，你最乖了。我以後不會再哭了，我最愛你了，如果還有機會，你要再投胎來找我喔。」

汪。

白柴起身，在笑著流淚的主人身邊蹭了蹭。

接著，狗抬起頭，看向虞因，低嗚了兩聲轉回狗屋裡。

虞因愣了下，猛然感覺好像知道了什麼。「不好意思，方便讓我看一下狗屋裡面嗎？」

「嗯？可以啊。」林雯敏一邊擦著眼淚一邊不解地起身，讓虞因鑽進去那個因爲念想所以一直沒捨得整理拆掉的狗屋。

沒多久，虞因果然在裡面找到一件東西。

退出狗屋，他彎著身體還沒起身就趕緊先撥電話給他老子，很快地接通並傳來聲音，他連忙開口：「大爸，我找到莊政豪的手機了。」

難怪麻糬會被追殺。

麻糬從山上回來那天帶回來的不只江雪穎的耳環，還有那時江雪穎因爲自己手機沒電，所以撿走的另外一部手機，現在那部手機就躺在狗屋深處。

那就是莊政豪的手機。

在相片上看過莊政豪拿，所以虞因立刻從手機殼認出來。

剛說完話，他一轉身，猛地停下話語。

林家敞開的大門外有幾名不速之客，現在架住了陳關和林雯敏，讓聿不敢動手，所以也被抓住，幾名大塊頭壯漢神色陰冷地朝他一笑。

虞因嘆了口氣，在通話那端不斷詢問發生什麼事的同時，按掉了通話。

□

「阿因啊，你不能請鬼附身那些人，然後讓他們去見鬼嗎？」

「靠夭喔！」

林家客廳內，四、五名一看就是黑道分子的人坐在沙發上，幾張臉充滿凶狠的亡命天涯凶氣，完全就是領錢什麼事情都辨得出來的那種打手。

然後在這種生命壓力頗大的狀況下，陳關居然還有心情小聲地說幹話，虞因簡直想把這白目傢伙揍一頓。

他們四個人被塑膠繩綑住，想逃都很難，不過可能是自家老子原本就有安排警力在暗處幫忙看著他們，幾乎是被這些人架進屋子沒多久，外面馬上就有警車團團包圍。

所以也難怪陳關這個智障比較不把眼前危機當一回事了，他大概覺得等等就會有霹靂小組破窗而入之類的電影畫面，還表現出一種等待英雄救美的姿態——他如果是那個英雄，絕對會踩過這傢伙。

上回工作室被砸，虞因隱約知道幕後黑手，現在看著這些凶徒，只好硬著頭皮交談：「其他三個人和事情沒有關係，你們老闆要找的應該是我，所以沒特別交代的話就麻煩先把他們放出去吧。」就算很想把腦殘陳阿關按著暴打，但眼下也不是個嬉鬧的好時機，他與林雯敏都是無辜被扯進來的，得先讓他們安全離開。

坐在沙發裡、看似帶頭的一名個頭比較小的男人轉過來盯著虞因看了幾秒，接著將狗屋裡面搜出來的手機丟到桌上。另外一邊是從他們四個人身上搜出的其他手機，也都已經被關機了，這些人並沒有打算開機與外界協商。

「你管太多事了。」男人冷冷地開口，看起來竟然還有點老實的四方臉上有幾道不太明顯的小疤痕，黝黑的皮膚讓這些痕跡多了點猙獰。「有些人蒸發在世界上也沒人會去找，你好好過自己的日子不行嗎，不知道亂管閒事會縮短性命？」

「嘛……這個倒是知道。」歷史的血和淚已經無數次教導虞因管閒事真的會短命，他常常被那些阿飄搞得差點連命都要沒了，包括這次在內。

看他這麼誠實，男人反而有點好笑。「那剁你一根手指讓你消災，你接受嗎。」他們其實收到的命令也沒有要殺掉這些小孩子，上面說的就是給姓虞的一點教訓。

「當然不接受。」虞因很委屈地看看自己的手腳，都已經包得像木乃伊一樣了，竟然還連他的手指都不放過。

「那也沒辦法了，誰教你們惹了不該惹的事，我看你也年輕不想害你，斷根手指算是最好的選擇了，我老闆可以消氣，你又不用死，大家各退一步。」說著好像很寬容的話，男人站了起來。

「好個頭。」感覺對方應該是個可以講道理的，但是虞因哭笑不得地覺得這個講理方向不對。旁邊的聿突然撞過來，擋在他們面前，極度凶狠的目光瞪著往他們走來的幾名打手。

「他少了什麼部分，你們就會加倍償還。」聿語氣森冷地發出警告。

然而這些話在虞因耳裡聽起來更讓他想流眼淚了。

媽的小混蛋，如果把妹時這樣霸氣側露，根本不用他這個當哥的頭痛弟弟找不到對象的問題啊！站出去一句「誰敢欺負妳，看一次我打一次」，根本愛慕者可以從工作室門口排到巷口好嗎！

平常在那邊「我是惡犬不要靠近我」的冷酷樣，到底是想表演給誰看啊！

當然聿那些話完全不被幾個打手放在眼裡，反而還覺得很可笑，兩個人上前把聿硬拉開，讓帶頭的男人蹲到虞因面前，亡命之徒的陰狠眼神直接對上眼前的青年。「至少還給你留下四根手指。」

虞因還沒反駁，屋外突然傳來奇怪的狗叫聲。

說奇怪，是因爲那不是正常狗在吠的聲音，而是俗稱的「吹狗螺」。

大白天的，不知道從哪裡先傳來吹狗螺的聲音，接著另一端也傳來同樣叫聲，以林家爲中心，此起彼落的狗吠聲越擴越遠，附近住戶起了陣陣騷動。

不過狗螺聲沒有停下，反而開始朝林家逼近，伴隨著眾多狗吠，一時之間外頭竟然有數十隻狗包圍、不斷吠叫的恐怖聲勢。

屋內幾人不用看也可以感覺得到，恐怕附近一帶可以活動的狗都已經用最快速度衝到牆外了。

「系勒衝殺小……」其中一名打手有點愕然地環顧四周，越來越靠近的狗螺聲幾乎快要貼到他們身邊。

接著數道狗吠聲傳來，外面有狗鑽進林家平常留給白柴用的小狗門，氣勢洶洶地撲進庭院，對著屋子凶悍狂吠。

這狀況讓打手們看傻眼，一時之間不知道怎麼處理，就在短短時間內，庭院的狗越來越多，不管是來路不明的野犬或是戴著項圈的家犬，似乎都被激怒般瘋狂吠吼。

很快地，屋內後方也傳來聲響，從狗門衝進來的幾隻野狗滴著口水衝進大廳，如同有目標般直接朝最靠近的打手撲上去。

林雯敏發出尖叫，與陳關縮到角落。

虞因有點目瞪口呆地看著越來越多的中小型犬在第一時間闖進屋子，發瘋一樣往打手們身上撲，對他們四個人卻一點興趣都沒有。

接著他看見白柴站在林雯敏身前，仰高了腦袋，發出求救般吹狗螺的聲音。

打手們失去行動能力，虞因幾人立即互相幫忙解開繩子把員警放進來，員警們進入時，幾十隻狗或站或坐地散布在屋內、庭院各處，並沒有再主動攻擊任何一人，大大小小晶亮的眼睛就這樣看著人類們把那幾個血肉模糊的凶徒抬出去。

最後一個被抬出時，狗群終於動了，潮水般湧進，又退潮一般安安靜靜地離開房子、退出庭院，慢慢往四面八方散去，回到牠們各自的去處。

客廳再次恢復平靜，只剩下一片狼藉。

虞因看著若有所思站在狗床邊的林雯敏，與對方眼神對上瞬間，他點點頭，後者則是破涕爲笑。

站在主人腳邊的白柴開心地叫了聲。

然後消失在空氣當中。

莊政豪的手機裡被起出幾段錄音，還有影片。

那幾段錄音都是羅鎬辰的恐嚇，打電話給他要他少管江雪穎的閒事，不然遲早要把他弄死之類的話語。

最後那段影片則是在一片黑暗中拍攝的，很可能拿著手機的人不熟預設的按鍵，爬上山坡的同時誤按了錄影鍵，還沒來得及發現並關掉錄影節省電源時，一道刺眼的車頭大燈光線逼得她抬起手想遮擋。

隨著巨響，手機掉落在一旁，然後錄進了某個男子大喊晦氣的罵聲，重物被推進草叢的聲音，還有狗傳來的低低嗚叫。

接著是放大的狗臉，白柴咬住了手機，在一片罵聲中拔腿狂奔。

狗跑了多久不知道，在那之前手機就已沒電而再也錄不了任何東西，不過也足夠了。

拿著手機的江雪穎最後將鏡頭朝向的是對她撞來的車輛，擋風玻璃後郭博昆的臉完完全全被攝入鏡頭裡，容不得他抵賴。

鐵證在前，郭博昆也狡辯不掉，只能低頭承認是他撞的。

不過他辯稱並不知道那就是江雪穎，他當時是接到姨丈的電話，告知他小孩惹了點事情，叫他去山上幫手，本來他在酒攤喝得正痛快，不過電話來了也只好摸摸鼻子去看狀況，沒想到在路上撞到人，那晚喝茫了加上山區沒有其他車輛和人，惡向膽邊生，乾脆就把撞到的人弄進草叢，丟到池塘裡。

以爲天不知地不知的事情卻在一個半月後炸出來，甚至還讓警方找到手機證據，他也不得不認栽。

對於深夜聚會他了解不多，只知道到場時，工廠那邊的趴很大，裡裡外外全都是人，有酒有烤肉還有妹，完全免費吃到飽，根本不像議員說的有出什麼事，他就安心待下來繼續吃喝第二輪，直到快清晨才散會離開。

隨後他才想起來車子撞到人的事情，急忙拜託議員幫忙處理，剛好議員有點門路，三兩下就替他把車子翻新，整個內外刷洗得乾乾淨淨。

而在找到影片之前，其實鑑識已經從他家起出當晚穿的鞋子。

警方先行搜索過住家後，玖深等人扣押了幾雙鞋子，包括日常的工作鞋和拖鞋、運動鞋，最後在一雙沒洗乾淨的運動鞋底刮出和江雪穎陳屍處附近相同的泥土，鞋內還有一絲發黑的血跡與幾顆鬼針草的種籽。

隨後郭博昆遭移送，江雪穎全案繼續深入調查。

警方可不會完全相信郭博昆想大事化小的說法，這個人會去到山區，更有可能是因爲羅鎬辰等人知道把事情玩大了，打電話給父親後，其父直接叫郭博昆去處理，後者發現江雪穎在路上，乾脆一不做二不休把她撞死，避免販毒的事情被捅出來。

隨後或許是刻意、也有可能是因緣際會讓他抓住好賭的江勇忠的把柄，一直監視他有沒有報警直到現在，更可能在這段期間還多次潛入江家查找江雪穎房間有沒有其他可能對他們不利的東西，例如電腦記錄。

案子牽連議員，被媒體大肆報導那幾日，江家花了一筆錢在山間招魂，虞因跟著警車遠遠地看著周秀美在芒草中聲嘶力竭地不斷喊著。

不遠處，江雪穎站在那邊看著父母與招魂幡。

聲聲的呼喊聲持續在極靜的山區中迴盪著。

「江雪穎，回來喔，回家喔江雪穎——」

□

幾日後，虞因按開了徐馨云家的門。

桐桐還是在門口玩，不過多了另外一個小男生，是江雪穎的弟弟江彥穎。

「他們家最近變故太大了，我怕小孩沒人照顧，所以讓小雪的弟弟暫時先住過來，也和桐桐做個伴。」徐馨云應門之後微笑地說著：「不管大人如何，小孩是無辜的，姊姊發生那種事情他也不好受，我們只能幫忙看著了。」

坐在門前階梯的江彥穎面無表情地朝徐馨云彎身點頭，接著淡淡地掃了虞因一眼，不感興趣似地重新低下頭，把玩著自己手上的手機，沉默不語。

虞因其實對江彥穎的印象很淺淡，江家的兒子年紀較小，先前拜訪江家時他也因爲人不舒服在房間裡休息，不然就是被帶去上課，避免接觸姊姊死亡的畫面與討論，根本連句話都沒交談過。

據說聽見姊姊噩耗那天開始，這個小兒子就再也沒有開口說過一個字，但也沒有哭，對家中的吵鬧都是這樣沒有任何表情，只是坐在家裡一角看著，後來母親住院那幾天就被徐馨云接過來照顧了，畢竟江勇忠長年不在家，對兩個小孩一知半解，更別說好好照料，還不如鄰居援手。

周秀美出院後開始操辦女兒的喪事，江家沒認識什麼人，原本的親友人脈都因爲江勇忠斷光，來的也就是小孩的外公外婆、爺爺奶奶，以及附近的鄰里和江雪穎學校的班導師。

學生逃家被害身亡這件事在學校裡是被壓下來的，學校擔心傳出去對校譽不好與對其他學生有心理上的負面影響，所以全力不讓師生們談論相關事情；也恰好江雪穎死亡前便經常蹺課逃學，所以和她親近的學生並不多，自然也就沒什麼學生想來參加喪禮了。

不知道爲什麼，虞因總覺得很感慨。

「這是謝謝妳上次幫忙的禮物，是我弟弟做的一些小點心。」虞因進門時把手上的提袋交給女主人。之前就知道徐馨云丈夫很有錢，所以不知道應該買什麼，後來還是拜託聿精心做了一套點心。

徐馨云微笑著收下。

在他們家斜對面還有另一戶人家正在辦喪事。

莊家當然也去了命案現場招魂。

找到屍體後，虞因再次去到那個地方，果然看見莊政豪茫然地在草叢間走來走去，似乎完全不曉得自己發生什麼事情。

祂可能當晚沒意識到自己已經死了就被埋進土裡，直到被人發現釋放後才開始遊蕩。

相較江雪穎那邊找到了明確的凶手郭博昆，莊政豪的案子則是陷入膠著，屍體解剖之後雖然知道是一氧化碳中毒死亡，但並沒有找到更進一步的線索了。紅布和紅線都是坊間隨處可找到的物品，那個小佛像也是廉價品，網路上一搜一大把。

郭博昆雖然最終承認撞死江雪穎，但沒有一個人承認見過莊政豪，加上他當天所穿的衣物與錢包等用品都被處理掉了，很難從那上頭下手，只能知道他身上有不少捱打的瘀青痕跡與被炭火燒灼的傷口。

簡單地說，就是太乾淨了。

遠比江雪穎的屍體處理得更好，如果當時江雪穎沒醒來逃走，應該也是會被以同樣的手法埋在山中的某一處。

「人生就是這樣，真感慨啊。」徐馨云從落地窗看出去，看見了莊家的白色棚頂，嘆口氣，但也露出慶幸不是自己家中發生這樣慘事的表情。「那些凶手真的很殘忍，就算別人離家出走也不應該害死他們。」

「是啊……」縱使家庭不和、不想回家，那也不是他們應該被殺死的理由。虞因搖搖頭，覺得就算看再多次，還是很想嘆息。

閒聊幾句，從徐馨云家告辭時，虞因在外面庭院順便和江彥穎聊了幾句，小男生依然那副表情，不接話，只冷冷看著他。

「唔……你之後多保重，你姊姊應該也很擔心你，你要好好生活。」虞因無法與對方聊起來，只好一邊自說自話，一邊將皮夾裡的錢掏出來塞在男孩口袋。「這段時間會比較辛苦，好好照顧自己，記得多吃飯，認眞上課。」

江彥穎看了看裝著幾張鈔票的口袋，又看了看虞因，冷不防舉起手機對著眼前的成人照了張相片。

「？」虞因愣了兩秒，不知道對方這動作的用意，不過想想大概是因爲不安所以想找個備用靠山什麼的，他就微笑著說：「如果你有事情想找我幫忙，可以問你媽媽或是徐阿姨，她們有我的名片可以聯絡我。」

江彥穎還是一句話都不說，只重新低下頭，玩他的手機。

一邊的桐桐看他們說完話，倒是很熱情地衝過來抱著虞因的大腿。

「哥哥什麼時候再來玩？」小男孩仰起小臉，露出大大的微笑。

「哥哥要上班工作，下次他有空媽媽再找他來。」一旁的徐馨云見兒子這麼纏人，也是笑了笑。不得不說，全家都不會組裝他那堆複雜的模型，所以那天虞因裝出來後，在小孩子眼裡就變成神一樣的存在。

「對啊，下次我有空再來找桐桐玩。」虞因彎下身，摸摸男孩的頭頂。

桐桐癟了嘴，不過對於大人要上班這件事還是很有認知，只好鬆開抱大腿的手，眼巴巴地看著高高在上的大哥哥。「那下次來，桐桐給你玩汪汪隊的超級電話。」

「汪汪隊哪有超級電話。」虞因笑了出來。

上次回家後他特地查了這個汪汪隊，還真的有這部卡通，不過裡面並沒有小男孩口中的超級電話，狗是滿多的。

「有啊，你看。」桐桐獻寶似地推來自己的小推土機，拍拍座椅。

兒童的小推土機座蓋打開其實是個小儲物箱，讓小孩子放玩具用的，很多小孩子喜歡把自己的寶貝放在這類小車裡，騎著到處玩。

隨著那個小座椅被打開，虞因看見裡頭有小迴力車、小火車，還有一部螢幕是黑色、貨真價實的手機。

「……靠。」

□

王偉民的手機最後在小推土機裡找到。

因緣巧合之下，他們那天打死狗後因爲太緊張，王偉民弄丟自己的手機卻不自知，後來終於發現不見已是隔天的事，也不知道爲什麼，隔天就被在外頭玩的桐桐撿走。

根據小男生說的，手機就在他家鐵門下面，完美地因爲視角問題被王偉民忽略。因爲白柴常常從他家門口經過，小朋友不知道怎麼聯想的，就覺得是汪汪隊給的超級電話，可以在危險時呼喊救援。

要拿這支手機的員警也是耗盡了心血，不解爲什麼要被收走超級電話的桐桐整個大爆哭，逼得員警只好去買一支有七十二種音效的玩具手機來換取證物，才連哄帶騙地把手機安全送進實驗室裡。

最終從王偉民的手機裡果然起出了爆炸性的證據。

那也是幾段影片，案發當晚錄下來的，當時應該羅鎬辰一行人都錄了，只是江雪穎事情爆發後他們已刪除相關檔案，只有王偉民遺失的手機保留下來。

工廠派對當晚，羅鎬辰逼著江雪穎來參加，隨後用江雪穎的手機打電話約莊政豪出來解決恩怨，還威脅不來就讓大家輪流上江雪穎。

幾個青少年男女嗑藥嗑茫了，囂張起鬨著，影片中可以清楚看見工廠外頭有幾張長桌，上面擺滿了酒水食物，側邊還有幾個人負責烤肉餵飽來客，堆起的酒瓶桌邊有著各種藥物、保險套任意取用。

隔著螢幕傳來震耳欲聾的音樂，場內架起的燈光不斷變換顏色，發光舞動著的身軀如同異世界的生物。

一段時間後，莊政豪到場赴約，奮力把江雪穎從裡面帶出，白柴從畫面角落一閃而逝。

幾個人一言不合就把莊政豪圍起來打了一頓，那些派對的賓客、工作人員沒有喊停，反而在旁邊舉杯叫囂。後來江雪穎赤著身子，帶著一身顏料努力制止，反而被羅鎬辰拖走，期間因為鬥毆時被白柴咬了一口讓他更為發狂，把少女連同昏迷的莊政豪一起丟入雜物間。

再來，也不知道誰開始起鬨，他們把雜物間門板上的通風口堵死，端來兩個烤爐，惡意地把其中一爐炭火和各種小垃圾倒進雜物間，剩的放在外面拿紙板搧煙進去。

可以聽見有人在叫喊嘲弄說他們在製作煙燻烤肉。

不知道過了多久，新一段影片開始拍攝時，那個雜物間裡已經沒有聲響了。

有人打開門，看見裡面兩人躺在地上。

「死了？」

「喔幹，好像死了？」

「這麼簡單死了？」

「幹，別是裝的。」

「欸欸好像眞死了。」

「呦吼～你們死了嗎～」

「哇，原來人這樣就死掉了喔。」

「好爛喔。」

「眞沒凍頭。」

圍繞在雜物間外訕笑的討論聲斷斷續續傳來。

接著羅鎬辰支使了幾個人過去拖出莊江兩人，直接從工廠邊的山坡丟出去。

「是在裝死嗎。」

「丟下去看看，反正沒死就會爬起來。」

「垃圾丟掉就好。」

「眞是廢。」

工廠的音樂繼續。

沒有任何一個人在意被丟出去的人。

他們就是繼續喝酒吃肉，跳舞打砲，毫不在意發生過什麼。

兩條人命就在這一夜從世界上消失。

不同於江雪穎，當場就死在雜物間裡的莊政豪，害死他的凶手是那些倒進木炭取樂的群眾。

他們就只是在玩，是莊政豪太爛了，頂不住那些煙霧。

莊政豪的死出乎他們意料之外，不過他們也不認爲有什麼問題。

他們就是覺得好玩而已。

□

莊江一案偵查暫告一段落、移送約半個月後，羅鎬辰的父親再次爆出醜聞。

已經因爲協助各種犯罪被調查的羅姓議員不知道得罪了誰，他和兒子各種不法手段和罪證整個被人翻出來，打包送給各大媒體，在某天早晨的頭條新聞中炸開，前一晚快一步得到消息要跑路的議員座車在高速公路上被攔截，沒讓他跑成功。

更讓他們崩潰的是，他們後頭一些勾結勢力也被人挖出來，有些不能上檯面的東西直接被黑吃黑，還不能在明面上討回來，幾乎一夕之間戲劇性垮台。

現在他們也只能乖乖等著檢調單位嚥下送上門的肥肉，徹底調查。

「可惜還是找不到那個派對的幕後人。」

黎子泓接過旁邊友人遞來的飲料杯，兩人一起從大樓頂樓高處向下看著忙碌萬分的街道。他點點頭，同意對方的話。「確實，不過警方也很努力在尋找，對方藏太深了。」原先以為應該能從通訊中循線找到，意外地，所有人的手機、電腦完全沒有聚會資料。

雖然王偉民的手機裡有拍到部分會場的人事物，但大多工作人員臉上都有顏料或是面具喬裝，可以辨認的多半為羅鎬辰這種參加者，而且幾乎沒有案底紀錄，想要找出身分更加困難了。

相較於莊江兩人的命案，不知道為什麼，羅鎬辰等人反而更不敢透露聚會的主辦，全體口徑一致都說是羅鎬辰在某夜店聽路人說的，才好奇去看看，這讓黎子泓幾乎可以確定主辦的後台必定很硬，硬到羅鎬辰寧願承認他們把莊政豪玩死，但對於派對上的一切選擇三緘其口。

王偉民那些跟隨者就更簡單了，羅鎬辰叫上他們去哪邊玩他們就一起跟去，其他的完全不清楚。

對於莊政豪的屍體後來被重新清整埋藏，這些始作俑者也很意外，幾個年輕人看起來並不知道屍體在事後被清理過。

很有可能是宴會曲終人散後，主辦發現屍體留下來了，所以順手善後處理，才會和江雪穎那邊粗糙棄屍的方式呈現對比，這就更可以說明「他們」並不是第一次處置這些宴會留下來的麻煩。

「哎，本來其實只是個小事情。」嚴司靠在圍牆欄杆上，搖晃著手裡的杯子。

整個案件各自拆開來看，原本最開始都是些小事情，不論是和家裡的爭執、父母輩的恩怨，或是識人不清的交往。然而隨著時間的發酵與裂痕擴大，一重又一重的狀況重複疊加上去，最終造成這種令人遺憾的結果。

黎子泓看了友人一眼。

很多案子原本一開始也都只是小事情，就和其他有些相仿的案件一樣，許多都是從日常小事起始，漣漪般展開。

「說出去大概不會有幾個人相信，這件案子會被發現，是因爲狗被打死。」嚴司想想也覺得有點啼笑皆非。如果羅鎬辰不要做多餘的事情去追殺那隻狗，說不定這些事情到現在還不會被發現。

不過話說回來，狗如果活著，也可能會把手機帶給主人，或是更猛一點直接領人去找到江雪穎的屍體也不一定。

後續聽說羅鎬辰被狗咬的那個傷口開始惡化，明明已經處理過的傷口又發炎腫脹了，足見上頭纏繞的怨氣多深重。

「惡有惡報吧。」

「是啊。」

冥冥之中，即使不被承認，總是還有一些存在會盯著人們看的。

只是時候還未到。

莊江案過後又好一陣子的某一天，虞因趕工作時接到簡訊。

打開一看，是陳姓友人發來的林雯敏近況消息。

上面寫著突然收到已經失聯的國小同學電話，說家裡的狗狗生了一窩小狗，不知道為什麼想到她，特別來問她要不要收養一隻。

抱著訝異的心情，林雯敏特地南下到同學家裡，發現生的是一窩小柴犬，其中一隻幼犬特別黏她，一見這隻小狗她就有種想流淚的衝動。

貼文上的照片是一隻柔柔軟軟的小白柴，還很小很小，緊緊黏在林雯敏的手上。

「我知道你回來了，小麻糬。」

相片下寫著這樣的話語。

虞因笑了笑，正打算繼續工作時隨手往下滑，發現對方下方還有排字——

感謝幫助麻糬的朋友們，都市傳說是真的，我也會幫忙宣傳的！

「……靠夭，不要宣傳啦！」

果然還是應該要掐死那個嘴賤陳姓傢伙。

把手機放到一邊，虞因懷抱著下次要揍死某友人的心情，邊看著領完包裹走進來的另名朋友。「你又有包裹了？」不知道是不是他的錯覺，他總覺得東風這陣子很多大大小小的包裹，不過也難免，因爲他接了一些商業工作，多半又是合作方送來的樣品。

「嗯。」東風盯著上面的宅配單半晌，直接在小吧台邊拆開。

虞因好奇地走過去，順便泡個茶水，就看見東風打開了那個大約十五公分左右的方形盒子，裡面並不是他原先想像的樣品，而是一個魔術方塊，沒有包裝，不是全新，顏色被打散得相當均勻。「這是什麼？」

「寄錯東西了吧。」東風聳聳肩。

盯著對方，虞因有點疑惑，拿過包裝箱子，東風也沒有反對，他檢查宅配單，確實是家公司的名字，還是大公司，他手上也有接這家公司分包出來的小工作，所以並不陌生。

「有人會把方塊玩到一半直接放進箱子和要寄的東西搞錯嗎。」虞因咕噥了句。

「你是說上次你一邊發呆一邊寄打樣，結果把剪刀也放進去的事情嗎。」東風毫不留情地吐槽：「案主還打電話回問你爲什麼有剪刀。」

「我覺得做人嘛，有些事就不要再提了。」虞因咳了聲，尷尬地揮揮手。上次他就是在思考莊江案的時候打包，結果順手把其他東西也放進去，還以爲剪刀掉到哪裡去了找很久，只好再跑去拿一把繼續，沒想到隔天案主就回電話說收到打樣，但是剪刀是要做什麼的，害他鬧出個笑話。「啊，不知道聿今天做的是什麼。」

工作室的獨立排氣與隔間當初特別講究，所以樓上的食物氣味不會飄下來，每天快到出爐時間邊猜邊上去偷東西吃也是個樂趣。

「蜂蜜蛋糕。」從隔壁下來的東風直接破梗。

才剛說完，樓上的人就端著一盤點心下來，不過並不全是蜂蜜蛋糕，還有額外做的小點心，除了冷卻的切片蛋糕以外，上回吃的造型果凍整個被複製出來，而且花樣和顏色都變了，色彩繽紛的果凍杯裡有著棉絮一樣的小貓、小兔子，非常可愛，外加一小碟琥珀糖與手沖茶，香氣瀰漫大廳。

虞因直接抄起手機就拍照，然後傳給執勤中的小伍。

自從知道他女朋友也是美食愛好者後，他們就開始經常互傳美食照片，當然小伍也靠關係走後門，千拜託萬拜託聿的限定甜點記得留他一份，好讓他貢獻女友。

回訊果然給他一個閃閃發亮求包養的貼圖。

「小伍哥應該晚一點會來領他的點心盒唷。」虞因心情愉快地收起手機，深深嗅了口下午茶的香味。

所以說這種有大廚在身邊的感覺果然很幸福，都有第一手的美食可以享用。

「明天可以點蘋果冰淇淋嗎，上次你做的那個超好吃。」順便再不要臉地點餐就更美好了。

「嗯。」聿點點頭，在旁邊坐下。

工作室的門同時被推開，帶入了一陣從外吹來的暖風。

「被圍毆的同學，我們來玩了喔～」

《回家》完

附錄·日常三兩事

01 樓上的工作間

工作室的二樓沒有對外開放。

通常訪客要取貨或洽談都會在一樓大廳與小會客室，再不然就是借用虞因的一樓工作間，總之這人不會有什麼異議。

比起二樓地盤性和個性極度強烈的兩位，沒事就充當接待、招呼客人的虞因，反而不介意自己的工作空間人來人往，還經常和各路來客說說笑笑，從想買甜食的高中女生到大企業來的代表，他都能和人聊上幾句，交往範圍非常廣泛，這也造成了很多人經常想從他這邊走後門，拜託他當說客去勸服上頭的兩位老大擴增工作項目。

「不要。」製作手工點心只是興趣的事，回絕了大量生產及拜師學藝的請託。

「不喜歡的不接。」雕塑只爲了身心健康的東風，把講師與顧問的邀請丟回去。

「……」虞因覺得自己的委婉拒絕說詞都快可以做成一本「三百六十五句讓你天天說出

完美好聽的回絕語錄」了呢。

不過這也怪不得他們，二樓的兩位雖然手上做的工作看起來比專業更專業，且兩人的確也無比投入這些精緻的工藝，但讓人吐血的眞相是這基本上只是他們的興趣兼差。

當他們開著打開電腦，面對一大堆外星語言般讓人看不懂的文字、數字和數據時，那才是他們眞正的收入來源。

人比人眞的會氣死人。

兩個人比一個人，連氣死都不用，乖乖地當他們的接待就對了。

虞因一邊把剛剛招待客戶用的盤子洗乾淨，一邊再次認知到自己身爲打雜工的身分。

工作室的門鈴再次被按響，虞因很快地去接待客人進來，這次是熟面孔，先前因爲東風的事情打過不少交道，是他在言家的父母。

生活和一些瑣碎事慢慢記起後，那人外在傷口痊癒沒多久又溜出去外面租屋，不倚靠他人的生活習慣已經刻在他的身體裡，讓他待在言家備受呵護時滿身不自在。

工作室不知道什麼時候打好契約、付了租金，剛要進行裝潢時，言家對兩個小的的胡鬧提出要全額贊助，非常抱歉地想要無償幫大家打理好這個地方，然後被他們拒絕了。事實證明他們雖然很鬧，但確實有那個存款鬧得起來，錢最少的虞因只好卯起來付出各種勞力和負責監工設計，並弄好整間工作室。

招呼他們在會客室休息，端上特製的蛋糕茶水，虞因快步跑上二樓，打開工作間沒看到人，只看到大平台上有好幾坨不一樣的黏土，其中還有一個未成形、嬰兒大的異形模樣的東西。

除了那些必須的工具和架子，另一側有著不少書本，被主人從家裡搬過來塞在訂做的書櫃，聿沒事時也經常會來這裡拿書去看。

關上門回身打開旁邊的休息室，簡單沖過澡的人果然窩在小床上睡得正熟。

「太冷了吧。」冷氣的超級低溫讓虞因打了噴嚏，接著搖醒睡到很像什麼無害小動物的美少年。「你爸媽來探班了。」

「……」原本想裝死繼續睡的東風只好爬起身。畢竟是言家的人，和那些可以丟給旁邊傢伙打發的地位不同，擺爛個幾次可能就會被他們帶人抓回去了，大意不得。

「你好歹假日也回家一趟吧，言媽媽剛剛還說想要找你吃飯呢，如果你再縮著，她只好請全部人一起吃飯了。」虞因深深覺得言家也真是用心良苦了，雖然不是親生的，還是關懷至極，知道東風不適應太溫馨的家人場面，乾脆就拿出殺手鐧開流水席好讓他熱鬧參加。

「囉嗦，你八十歲老頭嗎。」東風嘖了聲。

「我關心你欸。」虞因沒好氣地看著慢吞吞整理衣服的傢伙。

把打哈欠的人推出休息室，虞因轉身走向對門的另一個工作間，上面掛著忙碌中，表示一般其他人沒事不要進去打擾，不然可能會出事，認眞在製作的人最討厭被打擾。

不過當然是特例的虞因愉快地打開門，迎面是撲鼻的酒香味，配上酸酸甜甜的果香，瞬間勾起饞蟲。

楊德丞通常會在午餐開店前來拿預訂的點心，下午沒特別預約的話，通常就是聿自己隨便發揮的時間──扣除他那天懶得做，想要出去大吃特吃以外。

於是他們工作室經常會有兩個時段可能買得到聿的點心盒，分別是中午隨著餐廳多做的同款點心可以撿，以及近傍晚時他額外自製的那批釋出，這兩個時間也比較常有各行各業的人上門來看能不能買到回家打牙祭。

如果要虞因來推薦，他比較推薦的是傍晚那批，因爲聿這個小混蛋對於自己想吃的東西更用心，提供給餐廳的屬比較大量訂製、有約定成本價格，還要注意存放時間拉長後會不會影響美味的種類，有時候他一個懶惰就會做切片蛋糕、布丁、奶酪，或餅乾這些較簡易的，雖然也是眞材實料、作工紮實，但變化性比較少。

下午開始他就會做自己想吃的，成本無上限，爽做什麼就做什麼，五花八門樣樣來，擺在工作室的話，賣價當然就跟著成本調整變動。

虞因本來打算以擺在工作室裡販售的價錢按價付給對方，結果引來三天巨神兵的熊熊怒火，差點沒把他打死之後他就不敢提了，只能乖乖地繼續不要臉吃免費。

聿的甜點從來不向身邊這些人收費，就像他在家做的時候一樣，他只想給自己身邊的人吃更好的。

「今天做什麼啊？」虞因吸了滿滿香氣，開始餓起來。

「焦糖蘋果塔，還有白酒果凍。」聿回過頭回道：「蘋果塔六吋的有十個，你拿一個給言阿姨他們帶走。」從內線知道訪客是誰，他看向桌上剛出爐不久的第一批。

「早上送來的都用光了嗎？」虞因看了看旁邊的鍋子，滿滿的蘋果皮。他有認識一些小農和盤商，所以聿常和他們訂水果。

「用掉一半。」聿指指旁側桌底下，還有大半箱蘋果。

「喔。」

翻找出派塔盒子，虞因先組裝起來等打包。

這批看起來很高級的紙盒包裝也都是他設計的，如果沒有做，聿大概會直接買現成的盒子，如果是熟人，更乾脆隨便用個袋子裝給對方，實在是太掉價了。

「欸對了，有人寫情書給你。」虞因突然想起來終於有買點心的常客託他拿卡片給聿的事情，感動得無以復加。

聿指指旁邊的小竹筐，裡面放了好幾張情書的「前輩」，直接一來就被打入冷宮了。

「我說眞的，你好歹也去交個女朋友吧，整天窩在這裡很像孤單老人欸，你們這樣繼續下去怎麼得了，自閉型黃金單身漢，聽起來就很浪費。」虞因一想到這件事就開始碎碎唸：「上次那個陳太太的女兒就很可愛，人小小頭髮長長的……喔幹！你拿啥丟我！」

還沒講完後腦勺就被一團濕糊糊的東西打到，摸下來居然還是一坨濕麵粉。

「靠杯這個很難洗欸！」

騰出手去抓麵粉的人把手洗一洗，冷酷無情地對哇哇叫的兄長送一句：「你，廢話太多。」連對象都沒有的人好意思教育別人？

「臭小鬼！」

「哼！」聿繼續攪拌他的鍋子。

虞因悲慘萬分地衝去洗頭了。

所以說，樓上的兩尊大神眞的不好相處！

02 樓下的工作間

工作室的一樓經常有訪客。

不限於客戶，而是五湖四海的訪客，除了買甜點認識的太太小姐們，更多是某人學生時期到處結識的朋友群經常會來這裡逛大街，再加上他兩個老子和一大堆同僚，使得這個工作室訪客的數量遠超過交託工作的客戶數，幾乎都快不務正業了。

東風從二樓下來時，正好看見樓下的人送走訪客。

「同學？」看著對方手上的提袋，東風挑起眉。

「喔，以前大學的老師，他們沒想到我畢業沒多久就和人開工作室，所以過來看看，順便拿了些學校的簡章給我，要我考慮要不要回去念研究所。」虞因打開提袋，裡面是學校的簡章。

「你們老師對你眞好啊。」東風瞥了眼袋子裡花花綠綠的紙本。「不過你可以去讀啊，你以前很常出公差，這表示老師們覺得你很有潛力吧。」雖然他經常覺得眼前的人有點麻煩又多事，不過他的作品的確在大學時就已經很出色，而且畢展作品還合作簽有專利授權，要不是因爲他有這個實力讓老師們睜隻眼閉隻眼、甚至讓他用交作品的方式補課，按照他那些受傷缺課的紀錄，應該早被當了。

「唔……過陣子吧。」虞因把袋子放到桌上。他現在只想要先讓工作室穩定一點再說，東風和聿都有自己的專業領域，認眞說來只有他的腳步還不太穩，要花時間努力，畢竟他不是天才，得多專注在工作才行。

「那你再和聿商量吧。」東風不太喜歡管別人的私事，眼前的人因爲喜歡打扮，又愛聊天、很隨和，所以常常會給人一種散漫感，但深入認識會知道他對自己的事情還是很有主見的，只有幫別人的事才會沒原則。

這點在工作室開始要規劃時就很有體現，推掉言家人想幫忙的念頭，東風自己拿出這幾年的存款，清點之後還不少，全額負擔還很有餘裕，不過虞因知道這事情後非常強硬地拒絕，拿出他很單薄的存款，更跑了很多地方找朋友靠關係，硬是扛下整個裝潢設計，不懂的地方就找人幫他弄到懂，還眞的讓他一手操辦起來。

東風原本是覺得不用這麼麻煩，不過聿也贊成讓他哥用自己的方式合資，他就隨便他們處理了，後來虞因又很認分地使用三間當中最小的工作間，包辦各種雜務和招呼客人，幫他們過濾來客，省去他和聿很多不必要的困擾——他們兩個都不喜歡過度應酬。

雖然很吵還很囉嗦，不過他覺得無論如何，有這樣的人在身邊，若再遇到事情，會很讓人安心吧。

「喔對了，新來的宅配大哥好像把你誤認成聲音比較低的打工妹妹，超可憐的。」虞因盯著有點恍神的友人，嘿嘿嘿地笑起來。他就不想說稍早去簽收時，宅配先生很期待地問他那個妹妹是不是大學生、他跟對方說那個是男孩子的時候，對方眼神超級傷心。

「滾。」東風面無表情地看著幸災樂禍的混蛋。

這人完全無法讓人安心。

「喔對了，會客室先不要進去喔。」虞因看對方正要去拿東西，好心多提醒一句。「有另外一位『客人』，等等就會自己走了。」

「……」

不但無法安心，而且還有鬼。

下樓的聿正好和東風擦身而過，疑惑地看著他那個正在賊笑的名義上兄弟。

「沒事沒事。」虞因咳了兩聲，上前去接對方手上的大鐵盤，然後走向小吧台去把這些小蛋糕擺放進去。

聿看著對方忙碌，順便清點旁邊擺放在櫃子裡的茶包、茶葉和麵包還夠不夠。

原先這裡常備簡單的茶罐和三個人吃的小點心，但畢竟只吃甜點也會膩的，所以早上過來都會順手另外搓一些小餐包或餅乾吐司、雜糧條作當天點心。結果訪客們發現儲備糧食之後，就各種可憐樣貌想吃點，連客戶都對這些小麵包起了興趣，有時候寧可指定要招待麵包也不要精緻甜點，聿就再把數量拉高了些，茶水的種類也增加到十種……啊這其實是有私心的，爲了讓點心更好吃，所以他就理所當然地順便把茶葉也都更新了。

於是這座小吧台裡面藏著的點心在朋友圈裡幾乎就和甜點一樣出名，但是不外賣，只招待訪客好友與客戶。

這也讓一些客戶更願意留在這裡多聊聊，畢竟就算不談公事，這邊的會客室作爲休息環境算是挺舒服的，所以常常能額外聊出其他的小事情或情報。

幸好來玩的朋友們還算有分寸，有時候看客戶在場不會吵鬧，還會幫忙招呼，或幫忙牽線，不全然來混吃混喝。

「啊對了，你上次想要的那款紅茶。」虞因從旁邊拿出個提袋，「下午時候有位客戶帶過來要送你的，上次聽說你想要限定版，他們公司部門前幾天剛好有客戶送來一套，他就趕緊黑下來給你。」他看著對方雙眼發亮，覺得有點好笑。「他說每次來都有好吃的，所以要回禮給主廚。」

聿拿出裡面的茶罐，心情無比好。

做點心還有個好處，就是一樣喜歡吃的人不時會帶來意外驚喜。

「所以我拿了一盒千層派給他喔。」虞因知道對方不會介意，反而很樂意這種交換，不過他還是有一筆一筆詳細記在帳目上。比起實質的金錢，聿更喜歡交換難入手的食物和新鮮食材，所以有些朋友不時會寄青菜水果過來，上回還有公司的老闆寄了一箱老家的桑葚，真讓人受寵若驚。

「好。」聿直接拿下茶具組，愉快地煮水泡茶。

雖然他的興趣是做這些點心，不過有時候也會想到如果不是虞因居中和外人往來，他就不會有這種一起交換與品嚐食物的機會。

果然能吃東西是件令人愉快的事情。

過去他無法將這些讓家人品嚐，現在與未來他還有機會做給他喜歡的「家人們」，讓身邊的人在吃東西時可以很開心，那應該就能彌補逝去者的遺憾與痛苦了吧。

「啊，好香喔。」推門進來的訪客露出微笑。

「張大哥、吳大哥。」虞因立刻笑著朝兩名巡邏員警招手，「正好，小聿在弄好吃的。」

聿再拿下兩個紙杯沖泡茶水，順便挾了蛋糕和餐包放進紙盒。其實用瓷杯和盤子吃會更美味，不過員警們常常臨時有事突然走人，所以也只能換成可以隨時帶走的盛裝方式。

「嗚嗚嗚，你們這家工作室千萬別倒，快變成我們這邊基層的聖地了。」員警掏出錢被對方推回來，他連忙補了句是要多買一盒帶回去給家人。「小聿快把我老婆小孩都收服了，他們現在看到我拿你們家的點心盒回去就會超諂媚的，我都有種提著名牌回去的錯覺。」

「眞的，我老媽也特愛小聿的吐司，一聽沒有賣一直在喊可惜。不過上回小聿寫了配方和做法給她，我媽現在超歡樂的，三兩天就在那邊烤。」另一名員警也趕緊掏錢加買家人的份。

聿勾起淡淡的微笑，分別多打包了半條水果吐司給兩人。

「你們就誇他吧，一直誇，他尾椎一翹高什麼都會裝給你們。」虞因嘖嘖地說道：「這小子就喜歡別人說家人愛吃的事情。」

「可惜你們不是開餐廳，不然全家帶來吃給你們看。」員警們哈哈大笑回答。

送走員警們，聿稍微整理了下小吧台。

「等等帶東風一起回去吃飯吧，大爸說他今晚會煮飯。」今天出門去幫忙載東風和他的雕塑，所以打劫他大爸的車出來。

聿點點頭。

雖然新的工作場所有點吵鬧，而且還不時得應付很多人，不過如果是在身邊這些人陪伴下，他覺得其實也不錯。

相信曾經離開的家人們會爲了他現在的生活而開心吧。

「喔對了，有個可愛的妹妹等等下課會過來買點心喔，要不要認識一下？她很喜歡你呦。」虞因很八卦地看著對方。「試試看人生第一春？從交換帳號聊天開始？」

「……走開。」聿回了記白眼。

「你們這樣眞的會失去很多人生樂趣啊。」虞因嘖嘖嘖地覺得樓上的兩人很暴殄天物，「喔對了會客室有『人』，晚一點會離開。」

本來要去看看會客室茶水狀況的聿停下腳步，沒好氣地直接轉回二樓階梯，決定修正剛剛自己的想法。

可能沒有那麼開心，而且還有鬼。

〈附錄．日常三兩事〉完

案簿錄的四格小劇場

腳本／護玄
繪／Roo

換人說說看

啊，妳後面有髒東西，我幫妳拍掉。
謝謝❤
啊，你後面有髒東……
玖深
啊啊啊啊啊啊啊
有髒東西……
我是說真的髒東西

驚嚇指數百分之百

身高

聿剛到虞家時因為營養不良很瘦小。
你要拿這個嗎？
嗯。
現在
借過。
總覺得唯一的優勢沒了……

青少年發育是很殘酷的

完美心

哇！
你是M嗎，這麼討打。
我沒有我不是！！

只是嘴賤而已

說不定可以

東風在事件過後頭髮再度蓄長了。
你怎麼啦？
上次不是說好看的客戶妹妹是男生嗎？
……
對，有點失戀。
但是我最近在想……
說不定男的也可以！
只要付出真心！

危險發言

群組

嚴司是個交際群組很多的人。
群組
朋友家長群組 (45)
美食群組 (91)
大學同學 (67)
閱讀群組 (18)
觀落陰群組 (99)
職業傷害群組 (383)
因為認識的人很多，所以情報和八卦流傳也很快，廣受父母們喜愛。
所以說就是……
嗄？
駑尼辛苦喔？
但是也有不少人因此深受其害。
嚴大哥！！！
不要又在群組上亂寫啦！！！！
喔呵呵呵～

被圍毆的同學生態觀察群組

↖不在群組裡

案簿錄・浮生

國家圖書館出版品預行編目資料

回家：案簿錄．浮生／護玄 著.
——初版.——台北市：蓋亞文化，2020.12
冊；公分.

ISBN 978-986-319-508-5（第一冊：平裝）

863.57　109015290

悅讀館　RE401

回家　案簿錄．浮生 卷一

作　　者　護玄
插　　畫　AKRU
四格漫畫　Roo
封面設計　莊謹銘
主　　編　黃致雲
總 編 輯　沈育如
發 行 人　陳常智
出 版 社　蓋亞文化有限公司
地址：台北市103承德路二段75巷35號1樓
電話：02-2558-5438　傳真：02-2558-5439
電子信箱：gaea@gaeabooks.com.tw
投稿信箱：editor@gaeabooks.com.tw
郵撥帳號 19769541　戶名：蓋亞文化有限公司
法律顧問　宇達經貿法律事務所
總 經 銷　聯合發行股份有限公司
地址：新北市新店區寶橋路二三五巷六弄六號二樓
電話：02-2917-8022　傳真：02-2915-6275
港澳地區　一代匯集
地址：九龍旺角塘尾道64號龍駒企業大廈10樓B&D室
電話：+852-2783-8102　傳真：+852-2396-0050
初版四刷　2024年1月
定　　價　新台幣 240 元
Published and printed in Taiwan

GAEA
ISBN 978-986-319-508-5

RE401
GAEA

回家

案簿錄·浮生 卷一

蓋亞文化　讀者迴響

感謝您在茫茫書海中選擇了蓋亞，您的支持是我們最大的動力。
不要缺席喔，讓我們一起乘著夢想的羽翼，穿越時空遨遊天地！

姓名：　　　　性別：□男□女　　出生日期：　年　月　日
聯絡電話：　　　　手機：
學歷：□小學□國中□高中□大學□研究所　　職業：
E-mail：　　　　（請正確填寫）
通訊地址：□□□
本書購自：　　　縣市　　　書店
何處得知本書消息：□逛書店□親友推薦□DM廣告□網路□雜誌報導
是否購買過蓋亞其他書籍：□是，書名：　　　　□否，首次購買
購買本書的動機是：□封面很吸引人□書名取得很讚□喜歡作者□價格便宜□其他
是否參加過蓋亞所舉辦的活動： □有，參加過　　場　　□無，因為
喜歡出版社製作什麼樣的贈品： □書卡□文具用品□衣服□作者簽名□海報□無所謂□其他：
您對本書的意見： ◎內容／□滿意□尚可□待改進　　◎編輯／□滿意□尚可□待改進 ◎封面設計／□滿意□尚可□待改進　◎定價／□滿意□尚可□待改進
推薦好友，讓他們一起分享出版訊息，享有購書優惠 1.姓名：　　　e-mail： 2.姓名：　　　e-mail：
其他建議：

◎請沿虛線剪開、對摺、裝訂後寄出

◎請沿虛線剪開、對習、裝訂後寄出

TO：蓋亞文化有限公司　收
103 台北市承德路二段75巷35號1樓

GAEA

Gaea